U0031190

奉俊昊的每部電影都是一顆超精密機械驅動的強力炸藥。他極具渲染力的構圖及場面調度，總能在無害日常中埋下密密麻麻的引信，然後在你最無防備的時候炸翻全場。每次看到他那些用不完的怪招都會想大喊：「這傢伙到底怎麼想出來的啊！」

作為十餘年的死忠影迷，能夠一窺這顆天才腦袋想出來的設計藍圖實在是太幸福了！

——導演　徐漢強

寄生上流

PARASITE

原著劇本

原著劇本・編劇
奉俊昊 BONG JOON HO、韓珍元 HAN JIN WON
潤飾 金大煥 KIM DAE HWAN　翻譯 葛增娜

導演的話

我的出道作品《法蘭西斯之犬》[1]拍攝於一九九九年。
我的第七部作品《寄生上流》於二〇一九年完成了。
我從事電影導演這個職業，轉眼間過了二十年。
先醞釀想法、寫成劇本、畫分鏡圖，然後拍攝、剪接和錄音。
我二十年來的人生，就是把這些階段不斷地重複了七次。
如果未來也可以繼續重複上述過程，我就別無所求了。

在我反覆的人生週期的其中兩個階段——寫劇本和畫分鏡圖的時間，用刀切開來看的斷面，就是這本書。搞不好是我最孤寂時刻的紀錄，也是經歷拍攝現場愉悅的大混亂之前，寧靜且私密的時刻。因為比較像是我個人的紀錄，所以原封不動地保留了劇本上的錯字，或是分鏡圖上如蚯蚓般的手寫字。

接受採訪時，我偶爾會很自豪地這麼說：「我的電影和事先畫的分鏡圖幾乎沒有兩樣。」隱約想要跟別人炫耀有多精確地事先準備，或是有多細密地掌控拍攝現場的心態。

其實真的很不長進。

如果可以感受到，眼前活生生的演員們生動的表演；如果可以察覺到，已經累積無數經驗的工作團隊說不出口的煩惱，當我領會到那些事情，然後否定和改變寫好的劇本和分鏡圖，那時才可以炫耀說自己是真正的好導演。因此，我現在想要有別於過往炫耀這樣的事情。請大家看著本書的劇本和分鏡圖，回想電影裡的場景，請慢慢比較看看究竟和電影有什麼不同。那些小小的改變，才真的是某導演在拍攝現場和後製作業的漫長時間裡，繃緊了神經不斷煩惱的證據。雖然有點害羞，但把某導演又一次完成電影的勞心勞力的證據——這本書悄悄地獻給大家。

二〇一九秋 奉俊昊

1. 劇本：本書的劇本是實際拍攝電影時使用的最終版本，韓文版有部分錯誤的拼字，也依奉俊昊導演的要求保留下來。

2. 劇照：放上精選的電影劇照。

3. 對話：《Cine21》[2]的李多惠記者採訪奉俊昊導演的內容。

4. 本書收錄了電影《寄生上流》的劇本、劇照和導演採訪內容；分鏡圖和導演手稿收錄在《寄生上流—分鏡書》裡。

譯註1：此為照韓文片名直譯，維基百科譯為《綁架門口狗》。

譯註2：韓國電影雜誌。

PART I —— 劇本

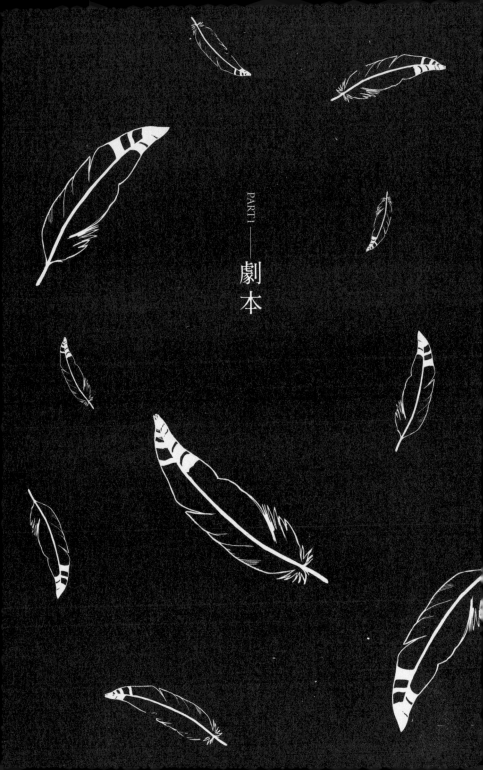

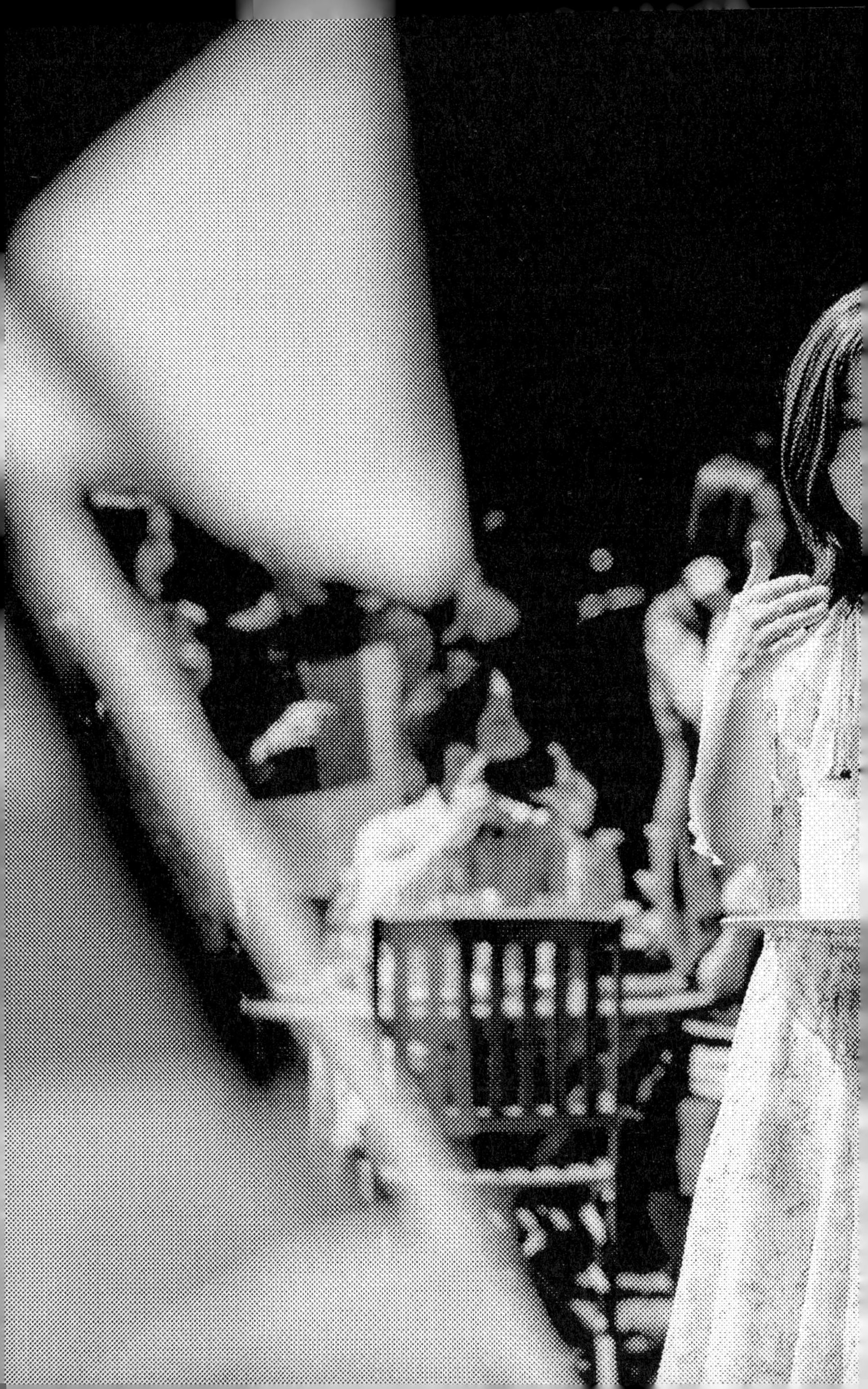

#1 片名，白天

傳來有點沉悶卻充滿希望的音樂……黑畫面上一一出現片頭名單。寄、生、上、流用有點蹩腳的字體浮現，音樂漸漸消失。

#2 半地下室，白天

有點髒亂的半地下室，拿著手機的基宇（男，24歲）為了搜尋wifi，在家裡到處走來走去。雖然搜尋到許多wifi名稱，卻全都上了密碼。

基宇：「基婷，樓上阿姨的網路鎖密碼了。」

躺在狹小房間裡的基婷（女，23歲），就像是說「幹」般嘴巴稍微動了一下。

基婷：「你試過123456789嗎？倒過來試試看。」

基宇：「都不行。」

躺在另一個房間裡的忠淑（女，49歲），無奈似地苦笑了一下。

忠淑：「靠，那就不能跟打工的地方取得聯絡嗎？喂，金基澤！」

在地板上睡覺的基澤（男，49歲），忠淑用腳踢了踢基澤的側腰。

忠淑：「靠，別裝睡了，想想辦法吧。」

基澤：「……哦……什麼？」（擦著口水）

忠淑：「手機被停話，網路也斷線，怎麼辦啦……」（踢一腳）「怎麼辦？你有什麼打算？」

基澤即使被罵也露出「溫和」的微笑站了起來，頂著一頭亂髮……走到廚房兼客廳的地方。從空蕩蕩的冰箱拿出吐司袋，裡面只剩下兩個吐司邊，基澤撕掉長黴菌的地方。基澤看著為了找 wifi 訊號走來走去的兒子，邊嚼著吐司說。

基澤：「基宇，找無線網路……」（把手舉高）「手要舉高一點。」

基宇：「是，爸爸。」

基宇把手機高高舉起來走進廁所裡。狹長的廁所最裡面的地方，有一個階梯式「祭壇」，上面是馬桶。因為化糞池的壓力管線配置問題，部分半地下室住宅，只能這樣設計馬桶的位置。以視覺上來說有點突兀。基宇走到有如放在祭壇上的馬桶旁，依然不放棄找尋訊號。

基宇：「耶！」

基婷：「找到了嗎？」

基婷立刻拿手機進到廁所裡，把手機高高舉起來走向馬桶。

基宇：「看到沒？『咖啡王國2G』。是附近新開的咖啡廳嗎？」

基婷：「我怎麼連不到？」

基宇：「妳爬上來這邊。」

基婷把手機舉起來，走到馬桶旁邊。兩個人的頭頂著天花板，靠在馬桶旁邊，形成奇特的景象。忠淑看著這對兄妹說——。

忠淑：「沒有『披薩時代』的訊息嗎？這次只要再摺兩千盒，就可以領錢了……」

#3 半地下室，過了一段時間

還沒摺好的披薩盒堆得很高，圍坐在客廳的基澤和家人默默地摺著披薩盒。只聽得到摺紙的聲音，俗氣的「披薩時代」Logo晃過畫面。這時，外面傳來噴藥機的聲音，透過窗戶看到噴藥機噴出白茫茫的消毒藥，如白霧般漸漸靠近窗戶。

基婷：「把窗戶關上。」（對著基宇）

基澤：「別關，就當作幫家裡免費消毒，順便把蟲殺光……」

為了關窗而站起來的基宇又坐了下來。白茫茫的消毒藥從窗戶飄了進來，在濃煙中一家人也繼續摺著披薩盒……有點淒涼的感覺。

忠淑：「咳……咳！幹！」

基婷：「我剛剛不是說要關窗嗎？」（一邊咳嗽）

基宇：「……」

忠淑：「真是的……」

假裝沒事低頭繼續摺披薩盒的基澤，為了忍住咳嗽漲紅了臉。基宇把放在馬桶旁的手機拿過來，播放剛下載的GIF檔。

基宇：「你們看這個，像她這麼快，我們今天就能拿到錢了。」

畫面上重複播放著「摺披薩盒達人」的影片。一個白人女子用花俏俐落的手法摺著披薩盒，速度真的很驚人……一家人看得目瞪口呆，在白霧中更認真地摺起披薩盒。基澤試著努力加快速度，可是當他愈想摺得很快時，愈顯得笨拙。

#4 半地下室，玄關，下午

大門開了一半，看起來有點個性的披薩店女老闆，穿著「披薩時代」Logo的T恤站在門口。

女老闆：「以這個為例，妳看清楚了。壓線歪七扭八。」

女老闆把手上披薩盒的某一角拿到忠淑面前。

女老闆：「四分之一的盒子都這樣，每四個就有一個不合格。」

聽到女老闆說「四分之一」，全家人瞄了基澤一眼。基澤臉上依然露出溫和的微笑。

忠淑：「……（嘆氣）所以你要扣掉一成薪水？」

換了一個場景……在家門口的巷子裡，一個中年男子把一大堆披薩盒搬進「披薩時代」箱型車裡，基宇也在一旁幫忙。基澤從家裡的窗戶看著忠淑和女老闆爭執。

女老闆：「以品質來說，這罰款算輕了吧？」

忠淑：「薪水又沒多少，別太過分！」

女老闆：「我說妳，事情沒妳想的這麼簡單。一個摺得亂七八糟的披薩盒，對品牌影響多大，妳知道嗎？」

忠淑：「品牌？（嘲笑）才不過兩間分店而已，只有這裡和上溪洞……」

女老闆：「妳說什麼？！」（火大）

基宇立刻走到媽媽和女老闆之間，露出溫柔的微笑。

基宇：「老闆，是因為那個人的關係吧？」

女老闆：「哪個人？」

基宇：「原本打工的人，突然跑掉了對吧？就在教會大量下單的重要關頭。所以現在老闆夫婦才會這麼辛苦地親自出面……」

女老闆：「真是的，你怎麼知道這些？哪裡打聽到的？」

基宇：「那個人是我妹妹的朋友。」

基婷：「他本來就有點怪，風評不太好。」

基宇：「所以說啊，老闆，今天的這些披薩盒……一成的罰款沒問題，就照老闆的意思支付好了。不過……」

女老闆：「不過？」

基宇：「你不想趁機找新的工讀生嗎？」

基婷：「開除翹班的工讀生，當作他的懲罰。」

女老闆露出「這是怎麼回事？」的表情……一直盯著基宇和基婷。兄妹倆露出燦爛的笑容。

基宇：「明天我可以面試，幾點方便？」

女老闆：「不，等等……讓我先想一下……」

女老闆隨便敷衍之後，從腰包掏錢出來，開始一張一張點鈔票。可能好久沒看到錢了，一家人眼神立刻發亮，全都盯著錢看。

#5 附近超市，下午

安靜的超市……好久沒挑選食材了，基宇正仔細比較著價格和有效期限。基婷背著大背包，偷偷把東西一一放進背包裡。坐在櫃檯的奶奶，專心地看著電視裡重播的連續劇。持續偷東西的基婷臉上是開朗的表情。

#6 超市前的巷子，下午

兄妹離開超市正要回家，基宇再仔細看了一遍手上的發票明細。基婷打開背包，給基宇看她偷的東西。

基宇（看著背包裡的東西）：「喂……妳又……」

基婷：「這些差不多值五百塊*，所以給我五百塊。」

基宇嘆了一口氣，不過還是拿錢給基婷。基婷立刻收了下來。

基宇：「等妳找到工作拿到第一份薪水，一定要立刻把錢還給超市，知道嗎？」

基婷：「哼！別自以為是了，幹嘛擔心他們，擔心我們自己吧！」

基宇：「不是那個意思……」

基婷：「我們是弱勢族群，我們正在自我救助。」

基婷從塑膠袋裡拿出「螃蟹餅乾」。兄妹倆走過生意興隆的「盈德雪蟹」餐廳，長型的大魚缸裡，十幾隻橘紅色的雪蟹揮舞著蟹腳。

基婷：「哇！雪蟹！看起來好好吃！」

基宇：「很貴。」

#7 半地下室，傍晚

一進家門就是基澤和忠淑的房間，牆上掛著忠淑學生時期參加全國鏈球大賽的照片。照片裡的忠淑有著壯碩的上半身，穿著貼身的運動服。沒有基澤的照片。躺在地板的忠淑，右手放進基澤的內褲裡。忠淑重複著同一個動作，基澤聚精會神地閉上眼睛。

忠淑（動作很快）：「怎麼還不出來？孩子們快回來了。」

基澤：「啊……不太有感覺……」

忠淑：「因為太久沒做了嗎？」

基澤：「誰叫孩子們一整天都待在家裡。他們要找到工作，我們才能放心

---

*譯註：已換算台幣，下同。

地做……」

忠淑：「不該是你找到工作嗎？」

基澤：「……」

基澤閉上嘴巴，在一片寧靜中，只聽到手上下重複的動作所發出的聲音。

忠淑：「……怎麼變小了……」

基澤再次往下半身集中力氣，全神貫注地讓那裡「變大」。

忠淑（像體育教練般）：「對了！很棒！」

似乎真的變大了，忠淑的動作也變得愈來愈快。興奮的基澤發出怪異的叫聲。

基澤：「啊……啊哩啊哩……啊哩阿哩啊哩啊哩！」

基澤快高潮了……忠淑突然快速地把手抽出來，立刻衝去門口。

忠淑：「沒忘了拿點數貼紙吧？」

基宇：「那當然。」

基宇和基婷剛好拿著塑膠袋走進來。基宇把超市的點數貼紙拿給忠淑。基澤就像吃完吐掉的口香糖，被丟棄在地上……基澤整理一下褲子後，轉身躺著的背影顯得很孤單。

改變場景……傍晚顯得昏暗的半地下室，全家人圍坐在餐桌旁，桌上擺著各種雜亂的食物。

基澤：「今天像這樣圍坐在一起……部分手機又能連上網路，而且兒子即將要去面試連鎖企業等，我們為了恭喜這些事情……」

基澤以不太自然地，連續劇中爸爸的口吻大喊乾杯，兩個女人卻已經喝起酒來。

基宇：「乾杯！」

基澤：「一起加油！唉，那傢伙又來了，天還沒黑就……」

基澤的視線瞬間看向窗外，其他家人也一起轉頭看過去。傍晚就已經喝得醉醺醺的男人，搖搖晃晃地走到窗戶附近。大家都露出不妙的表情。

忠淑：「為什麼不貼禁止小便的公告？早就跟你說過了！」

基澤：「沒用，醉漢看到那種公告更想尿尿。」

基婷（看著基宇）：「至少吼吼他吧！」

基宇：「不過還沒找到適合的時機……」

醉漢在窗戶附近的陰暗角落搖來晃去，但手還沒拉開褲子的拉鍊。

基宇（猶豫著）：「……要把拉鍊拉下來才是現行犯。」

忠淑：「幹，一定會尿啦！快把他趕走！」

基婷（自言自語）：「我討厭這個家……」

基宇，不知該如何是好地站起來看臉色……這時卻突然聽到大聲斥喝的聲音。

（聲音）：「喂，大叔！」

醉漢的後方出現身材高大的青年，從進口摩托車下來大聲地制止。臉蛋帥氣、有著寬厚肩膀的敏赫（男，24歲）……拿著一個很大的盒子走過來。

基婷：「是敏赫哥嗎？」

忠淑：「真的耶……」

基宇露出「怎麼回事？」的表情，看著窗外發楞。敏赫更一鼓作氣地質問醉漢。

敏赫：「這是做什麼？那裡不是廁所好嗎？」

醉漢：「嗯……」

敏赫（大吼）：「還敢瞪我！」

嚇到的醉漢，不敢把拉鍊拉下來就立刻逃跑了。

基澤：「哇……」（拍一下基宇）「你朋友挺有種的！」

忠淑：「大學生的氣勢就是不一樣。」

基婷：「確實跟哥哥不一樣。」

基婷雙眼發亮地看著敏赫……敏赫不知何時已經走到家門口。

敏赫：「伯父、伯母好。」

基澤：「敏赫你來啦。」

基宇：「你怎麼會來？」

敏赫：「我有傳簡訊給你。」（轉頭）「基婷妳好嗎？」

基婷用微笑跟敏赫打了招呼，基宇現在才拿起手機確認簡訊。

基宇：「約外面就好，幹嘛跑來家裡……」

敏赫：「因為這個。」（把手上的盒子拿到基宇面前）「這個有點重，我才用摩托車載過來。」

基婷：「這是什麼？」

基婷打開盒蓋，裡面是形狀獨特的大石頭和木製底座。

敏赫：「我說要去找基宇，爺爺就說一定要給你……」

基澤：「啊！」（拿起石頭來看）「這是山水盆景嗎？也可以當作是一種抽象石雕。」

敏赫：「哦！原來您懂！我爺爺在軍校時期就收集奇石了。現在家裡的客廳、書房，到處都是石頭。尤其聽說這個石頭可以帶來幸運和『財運』……」

基宇：「哦……這真的很有象徵意義。」

基澤：「的確，剛好現在很需要。請務必轉告爺爺我們的感謝！」

忠淑（自言自語）：「怎麼不買點吃得過來……」

基婷用手戳了戳忠淑的腋下，不過幸好敏赫沒聽到……

只聽到對石頭一知半解的基澤，雙手捧著石頭，一直說著沒用的話。

#8 附近超市前，晚上

敏赫的背後有一台和巷子、超市氣氛格格不入的高級進口摩托車，敏赫和基宇坐在超市前的塑膠桌旁，桌上擺放著一些餅乾，兩人喝著燒酒。

敏赫：「多虧這石頭，我才有機會拜訪你爸媽，他們看起來都很健康。」

基宇：「很健康沒錯，只是沒工作。」

敏赫：「基婷已經不去補習了嗎？」

基宇：「不是不去，是沒錢去。」

敏赫偷瞄了乾掉燒酒的基宇之後，拿出手機秀了一張照片。畫面上是穿著校服的女高中生，臉上露著純真的笑容。

敏赫：「可愛吧？」

基宇：「她是你的家教學生？」

敏赫（點頭）：「朴多蕙，高二。你代替我去當英文家教。」

基宇：「怎麼突然這麼說？」

敏赫：「有錢人的家教，薪水很不錯。」

心動的基宇，再次看了一眼手機上的照片。

敏赫：「她也很乖。我出國交換時，幫忙照顧一下。」

基宇：「你在學校不是有很多朋友？幹嘛拜託我這種重考生？」

敏赫：「哪有為什麼？我光用想的就討厭。想到那些臭男生在多蕙身邊打轉，就覺得噁心。」

基宇（緩緩地看著他）：「……你喜歡她嗎？」

敏赫（點頭）：「喂……我是認真的。等她上大學，我想正式跟她交往。在那之前麻煩你好好照顧她。如果是你，我就放心了。」

基宇：「謝謝你信任我。不過要我假裝是大學生嗎？」

敏赫：「基宇，仔細想想。當兵前兩次，當兵後兩次，你一共重考了四次對吧？文法、單字、作文、會話……老實說你教英文……比那些整天喝酒的大學生強十倍。」

基宇：「確實沒錯。不過他們能接受嗎？我不是大學生。」

敏赫：「假裝一下不就好了。沒問題，你是我介紹的，而且……那個貴婦太太該怎麼說呢……」

拿著燒酒杯的敏赫，像是想到什麼似地噗哧……笑了一下。

敏赫（噗哧）：「貴婦太太有點……單純。年輕，而且單純。」

基宇：「單純？What is means?（什麼意思？）」

敏赫：「I don't know, anyway..... just simple.（說不上來，總之就是單純）」

突然用英文對話的敏赫和基宇，兩人的英文都很流利。

敏赫：「……那個，聽說你妹不是很有藝術天分？修圖技術也很強。」

#9 位於地下室的網咖，白天

基婷用熟練俐落的手法按著 photoshop 的快速鍵和滑鼠。電腦螢幕上顯示著「在學證明」文件。基婷露出銳利的眼神，正在精細地調整下方紅色印章。

基宇：「技術這麼好，竟然考不上美術系？」

基婷：「找死嗎？」

基婷和基宇坐在規模很大的網咖的其中一個位置，一邊觀察著他人的視線一邊修圖。

基宇：「不用那麼急。」（看了看周圍）「等人少的時候再印出來就好了……」

#10 半地下室，白天

基澤把帶來幸運的「山水盆景」像是枕頭般枕著，看著完美的假「在學證明」文件。

基澤：「真可惜首爾大學沒有『偽造文書』系。基婷一定考榜首。」

忠淑：「別說廢話了！兒子要去面試，快說點好話。」

基澤：「兒子……」（坐起來）「……你是我的驕傲。」

有點悲哀和尷尬的氣氛。基宇在鏡子前整理一下頭髮後，淡淡地收起假文件。

基宇：「這不算偽造文書或犯罪。我明年就會考上這間名校。」

基澤：「原來你都計畫好了。」

基宇：「我只是提前拿到在學證明而已。」

#11 高級住宅區的坡路，白天

圍牆很高的高級住宅區坡路，沒有路人。背著背包的基宇孤獨地走著，他一邊確認手機上的地圖左右張望著找路，一邊加快了腳步。

#12 豪宅，大門——庭院，白天

大門位於很陡的樓梯上。電子鈴聲響起後，對講機傳來中年女性的聲音。

（聲音）：「請問哪位？」

基宇：「多蕙媽媽？您好。我是敏赫介紹的……」

（聲音）：「是，請進。」

鐵門打開了，基宇把門推開走進去……看到被樹環繞的漂亮庭院。基宇前往大門的途中，不自覺地停下腳步看著樹發楞……

聲音：「庭院很漂亮吧？」

基宇（行禮）：「夫人，您好。」

聲音：「我只是在這裡工作的人，這邊請。」

以幫傭來說打扮幹練的雯光（女，45歲），以從容的姿態引導基宇進去家裡。

基宇（一邊走）：「庭院好漂亮。」

雯光：「裡面也很漂亮。」

#13 豪宅，內部，白天

基宇小心翼翼地跟在雯光後面，漂亮的屋內有著不奢華卻高雅的裝潢，以及充滿時尚感的家具。

雯光：「你知道建築家南宮賢子老師嗎？他很有名。」

基宇（不知道）：「……」

雯光：「這原本是他的房子，全部由他親自設計和監工。」

基宇：「是……」

雯光（自言自語）：「現在如你所見，是孩子的遊樂園。」

基宇經過看得到庭院的客廳，來到跟客廳同樣大小且優雅的廚房兼餐廳。雯光請基宇坐在大原木餐桌前的椅子上。

雯光：「先坐著等一下，我請太太過來。」

雯光很快地消失了，室內變得一片寂靜……基宇輕輕地站起來參觀屋內。牆壁上掛著奇怪的畫，旁邊是在照相館拍的典型家族照。走到窗戶旁邊看到幽靜的後院，基宇靜靜地看著在庭院的桌子上攤開英文雜誌睡著的蓮喬（女，41歲）。蓮喬整顆頭低下來睡著了，露出雪白的後頸。雯光大步走向蓮喬，在她耳邊拍了拍手，蓮喬吸了一下口水抬起頭來。隔著玻璃窗隱約聽到兩個人的對話。

雯光：「應徵家教老師的人來了。」

蓮喬：「哦……怎麼樣？」

雯光（嘻）：「長得還不錯。」

#14 豪宅，廚房，白天

蓮喬和基宇在餐桌前對坐著。蓮喬從信封裡將假在學證明抽出一半瞄了一眼。基宇臉上露出緊張的神情。蓮喬懷裡的小狗吐出舌頭，發出「呵……」的聲音看著基宇。

蓮喬：「總之……」（把信封還給基宇）「不用給我看資料，反正是敏赫老師介紹的，而且兩位又是好朋友。」

基宇：「……」

蓮喬：「你也知道敏赫老師無可挑剔，我和多蕙對他很滿意。這跟多蕙的成績無關，你懂我的意思嗎？」

基宇：「是。」

蓮喬：「他真的很棒。說實話，本來打算到明年學測前，都要一直請敏赫老師來家教的。不過他卻突然去留學。」

基宇：「……」

蓮喬：「雖然有點失禮，但我就直說了……如果你不是敏赫老師的等級，我們坐在這裡就沒有意義了。」

雯光端著咖啡過來，觀察了一下基宇的表情，然後把咖啡杯放在基宇面前。

蓮喬：「其實我想說的是……我可以觀摩今天的第一堂課嗎？我想全程觀

察你怎麼授課。Is it okay with you?*（可以嗎？）」

蓮喬就像在路邊吐痰般，突然吐出英文，發音不是很好。

#15　豪宅，樓梯——二樓，白天

基宇屏住呼吸有壓力地走上樓梯，有點在意似地看著蓮喬的屁股在眼前晃動。走到二樓之後，看到長長的走廊和好幾個房門。

#16　豪宅，多蕙的房間，下午

多蕙的房間很大也很漂亮。蓮喬和小狗坐在多蕙的床上看著基宇，房間裡充滿著尷尬的氣氛……基宇冷靜地看著解題的多蕙。

基宇：「妳想改第十四題的答案嗎？」

多蕙（小心翼翼）：「……錯了嗎？」

基宇：「多蕙，我是問『妳』要不要改，第十四題，妳認為對還是錯？」

多蕙：「……」

基宇：「妳剛剛寫了後面的題目，然後又回到第十四題，對吧？」

多蕙：「是。」

基宇突然伸出手來抓住多蕙的手腕，多蕙嚇了一跳。蓮喬也驚訝地看著基宇。就像是醫生把脈般，基宇用拇指按住多蕙的動脈。

基宇：「如果現在是學測，這是第一題的話，妳從一開始就亂了陣腳。」

（更用力按住手腕）「妳看，脈搏也亂了。心跳不會說謊。」

多蕙的雙頰泛紅，坐在後方的蓮喬也屏息看著基宇。

＊譯註：蓮喬有很多講英文的對白，是導演對蓮喬角色上的設定。

基宇：「所謂考試就是衝鋒陷陣，只要亂了節奏就完蛋了。我不在意第十四題的正確答案是什麼，妳如何掌握整場考試的節奏，我在意的是這個。知道了嗎？」

多蕙：「……」

基宇：「臨場作戰，靠的是氣勢。態度……attitude（態度）」

在一陣寂靜之後，才慢慢放開多蕙的手腕，拇指按壓的部分留下粉紅色印記。基宇轉頭看著蓮喬的方向，蓮喬也露出被震攝住的表情。

基宇：「多蕙，一直以來妳很生氣也很委屈吧？為什麼每天晚上那麼努力念書，甚至念到流鼻血，每次考試卻拿不到好成績。」

有股熱氣從多蕙的心中湧上來……眼神微微顫抖著。

基宇：「老師以後會讓妳輕鬆地駕馭考試，我不在意妳的功課，我只在意妳的成績。」

#17 豪宅，廚房，晚上

畫面聚焦在蓮喬遞出的裝了錢的厚信封。

蓮喬：「每個月付一次薪水。每週一三五，每次兩小時，好嗎？」

基宇：「是。」

蓮喬：「至於鐘點費……本來想付和敏赫老師相同的薪水，考慮物價上漲，就調高時薪了。」

基宇：「謝謝。」

基宇把信封收起來，雯光端著水果盤走過來，和剛剛的態度有點不一樣。

蓮喬（看著雯光）：「現在正式介紹一下吧，他是多蕙的英文家教，凱文老師。」

雯光：「是，凱文老師！上課時如果餓了，請隨時告訴我。」

蓮喬：「需要什麼，請隨時跟她說。她比我更熟悉這個房子……」

一片融洽的氣氛中，某個東西突然飛過來打中雯光的肩膀，原來是玩具箭。嚇一跳的基宇回過頭去，看到穿著印地安服裝射箭的老么……多頌（男，10歲）。

蓮喬：「多頌，不要這樣！老師還在……」

多頌繼續射他的箭，雯光熟練地把箭撿起來拿到腋下磨蹭。

雯光：「嘿嘿～用狐臭回擊！」

多頌：「啊！不可以！」

多頌抽出印地安風的玩具斧頭，啊～地大喊著用慢動作衝過來，雯光也熟練地朝著多頌用慢動作衝過去，兩個人一搭一唱地很有默契。

蓮喬（深深嘆口氣）：「……真的很抱歉，我們家老么有點特別。」

基宇：「特別很好啊。」

蓮喬：「他很散漫，而且也有點過動。希望他能遵守規定，變得專注點，所以去年讓她加入幼童軍……結果你看，他變得更奇怪了！再加上最近開始變成印地安控……」

基宇：「哈哈，幼童軍精神源自美國的印地安人。」

蓮喬：「哦……凱文老師以前是童軍嗎？」

基宇：「對，在那裡學到很多。」

蓮喬：「真是的，同樣都是童軍，我們家多頌怎麼差這麼多？我真的快瘋了。」（一臉正經地）「不過……他很有藝術天分，你看到了嗎？」（指著後方的牆壁）「那是多頌的作品。」

基宇轉頭看蓮喬所指的地方，原來是掛在家族照旁的奇怪的畫。

基宇（仔細觀察後）：「……他的畫很抽象，感覺很強烈呢。」

蓮喬：「對吧？很強烈吧？凱文老師果然感受得到。」

基宇用更認真的表情，後退一兩步觀察著畫。

基宇：「這畫的是猩猩吧？」

蓮喬：「這是自畫像。」

氣氛瞬間凝結，只從客廳傳來多頌和雯光用斧頭和刀決鬥的聲音。

基宇：「我就知道，以大人的眼光無法理解……多頌的這種天分。」

#18

豪宅庭院——大門，晚上

蓮喬：「可能就是因為這樣，我們換過很多美術老師，沒人撐得過一個月。再加上多頌有點不受控制……」

基宇點點頭。蓮喬抱著小狗，親自出門送基宇離開。鐵門打開了，基宇走下樓梯時，瞬間停住了腳步。

基宇：「夫人。」

蓮喬：「是。」

基宇：「我想到一個不錯的人選……她的名字是……嗯……」

從蓮喬的視線，看到基宇專注想事情的後腦勺。

基宇：「離開少女時代的……誰呢……做起珠寶生意的……」

蓮喬：「潔西卡？」

基宇：「沒錯！潔西卡，她是我堂哥美術系上的學妹，我不知道她的韓文名字。她原本就讀伊利諾州立大學應用美術系，最近剛回到韓國。」

蓮喬：「伊利諾……然後呢？」

基宇：「聽說她上課方式很特別，很能掌控孩子的狀況……在美術圈小有名氣。」

蓮喬：「哦……」

基宇：「在家教老師裡也很少見。因為她上課不只方式獨特，還能一路輔導孩子考上美術系……」

蓮喬：「真的嗎？我很好奇，她是什麼樣的人呢？」

基宇：「您想見見她嗎？不過聽說她很難約……因為她真的很忙。」

#19 美髮店，白天

基婷：「白癡！」（嘲笑）「怎麼取潔西卡這個名字，真是莫名其妙。」

基婷坐在家附近的美髮店剪頭髮，基宇坐在後面的沙發吃著冰棒。

基宇：「別那樣說，還不錯啊，總之……夫人是好人，很年輕，也跟聽說的一樣單純，付錢也很大方！最重要的是什麼都信！」

忠淑：「信上帝嗎？」

畫面放大，看到忠淑和基澤的身影，一家人排排坐著剪頭髮。

基宇：「不是那個意思……是很相信別人的話，而且立刻就相信。」

嗯……每個人都露出沉思的表情，在一陣寂靜中，基澤打破了沉默。

基澤：「很好！是好人呢！」

基宇：「沒錯。」

忠淑：「對呀……」

大家一致地點點頭，空氣中飄盪著微妙的活力。

#20 豪宅門口——門外，下午

在門外調整呼吸的基宇和基婷。把頭髮剪短，畫了冷色系妝的基婷，就像是換了一個人似的。當基宇要按下門鈴時，基婷突然制止了他……然後用手打著拍子一邊唱著。

基婷（唱）：「潔西卡獨生女，伊利諾州芝加哥。系上學長金振慕，他是你堂哥。」

兄妹用歌曲〈獨島是我國領地〉的拍子和音調，套上假背景的歌詞背誦著。國小生般的舉動，更增添親兄妹的感覺。終於按下了門鈴，門鈴聲迴盪在寧靜的住宅區裡。

#21 豪宅廚房——二樓，晚上

多頌偷看著廚房，基婷和蓮喬正在對話，氣氛有點緊張。基宇坐在一旁。偷偷下樓的多蕙，敲了一下多頌的頭把他趕到二樓。換多蕙偷看廚房，用懷疑的表情打量著基婷……

基宇：「我去幫多蕙上課，其他重要的事請兩位慢聊。潔西卡老師……」

（點個頭後站起來）「下次見……」

基婷（站起來）：「是，謝謝你的引薦。」

正在偷看的多蕙，嚇得趕緊提起腳跟跑上去。

#22 豪宅二樓，多蕙的房間，晚上

多蕙連忙跑到攤開習題的書桌前，拿起筆坐下來。房門打開，基宇走了進來。

基宇（坐在多蕙旁邊）：「我們要從十七題開始吧？」

多蕙：「那個……老師……」

基宇：「嗯？」

多蕙：「你知道嗎？多頌……全都是裝的。」

基宇：「什麼意思？」

多蕙：「全都是作秀。他故意裝成天才，做事很無厘頭，全都是裝的。假裝自己是藝術家。」

基宇：「多頌嗎？」

多蕙：「不是有種人會這樣嗎？走在路上突然站住，看著天空假裝有靈感浮現。」

基宇（笑一下）：「走在路上會突然盯著天空看十分鐘的……那種人？」

多蕙：「你懂我的意思吧？真是雞皮疙瘩掉滿地。還裝得一副受不了正常生活的樣子……看到我都想吐了。」

基宇：「多頌原來會這樣啊……不過這和妳解題有什麼關係？」

聽到基宇說出老師般的發言，多蕙的臉顯得不太高興。

多蕙：「……我只是說說而已……」

基宇：「好，既然這樣，妳剛剛把多頌形容得挺有趣的，我們拿來練習英文寫作好了。不過"Pretend"（假裝）這個單字要用兩次以上。」

基宇純熟地轉換成授課模式，可是多蕙的心似乎還是定不下來。

多蕙（把筆放下）：「……老師，那我可以問一個問題嗎？」

基宇：「妳說。」

多蕙：「今天來的潔西卡老師……真的是老師堂哥系上的學妹嗎？」

基宇被突如其來的尖銳問題嚇得直冒冷汗，卻用微笑掩飾自己的緊張。

基宇：「什麼意思？」

多蕙：「潔西卡……是你女朋友吧？」

基宇那時才如釋重負地笑了一下，看著一臉正經的多蕙，覺得她很可愛。

基宇：「怎麼可能，我今天第一次見到她。」

多蕙（噘嘴）：「潔西卡老師很漂亮吧？妳沒興趣嗎？」

基宇：「是挺漂亮的……可以算是美女。」

多蕙：「我就知道……你對她有興趣。」

基宇：「多蕙，如果妳的美貌是十分，那潔西卡差不多在六到六．五？」

雖然這個回答很無趣，多蕙卻開心地笑了出來……多蕙從桌下輕輕地按住基宇手腕的動脈。多蕙突然做出大膽的行為，基宇只是靜靜地看著她，兩個人的嘴唇同時靠近。

安靜的房間……兩人溫柔地接著吻，突然從樓梯傳來上樓的腳步聲。

基宇（將嘴唇移開）：「解題好了。」

多蕙：「是。」

#23 豪宅，二樓走道，晚上

蓮喬經過多蕙的房門，朝著多頌的房間走去。一臉擔憂地回頭看著基婷。

蓮喬：「他無法乖乖坐著。還請諒解……」（冒汗）

基婷：「是。」

基婷面無表情，蓮喬不安地打開房門。多頌的房間第一次出場。到處都是多頌畫的畫、印地安相關的畫和物品，再加上國外訂購的印地安帳篷……有點雜亂的房間。多頌把印地安箭插在褲襠上，躺著看天花板。似乎設定了某種情境。

基婷：「麻煩您出去。」

蓮喬：「什麼？」

基婷：「我不在家長面前授課。」

慌張的蓮喬，不知所措地偷瞄基婷，基婷冷酷的眼神絲毫不受影響。

蓮喬：「可是今天是第一天，妳也看到他……」

基婷：「請下樓。」

被基婷的氣勢所逼，蓮喬只好閉上嘴巴離開房間。

#24 豪宅，廚房——地下室，晚上

時鐘滴滴答答地發出聲響……蓮喬和雯光坐在安靜的廚房吃著堅果。抱在懷裡的小狗舔著蓮喬焦急不安的臉。雯光瞄了一眼蓮喬的神色後說。

雯光：「請問要喝一點梅子汁嗎？加點蜂蜜，讓您放鬆。」

蓮喬：「什麼？啊……好。」

雯光經過狹窄的樓梯前往地下室。地下室裡有各種飲料、罐頭等食材，還有其他各式各樣的物品。一面牆壁前的大櫃子裡有糖漬梅、糖漬橘子、糖漬無花果等，排列著各種透明的容器。雯光用力轉開糖漬梅的蓋子。

蓮喬（快速走下樓梯）：「那個……這樣好了。」

雯光：「什麼事？」

蓮喬：「妳準備兩杯梅子汁送到多頌房間。妳又不是家長，當然可以進去！妳只是端飲料進去而已。」

雯光：「也是。那我再告訴您裡面的情況。」

蓮喬：「嗯……早該這麼做了。」

雯光和蓮喬，拿著倒入梅子汁的杯子走上樓梯……卻嚇了一大跳，基婷和多頌不知何時已經在廚房裡了。蓮喬嚇得倒抽了一口氣，旋即恢復從容的臉。

蓮喬：「請問……結束了嗎？」

基婷的手裡拿著多頌的畫，多頌在基婷的背後，不知怎麼回事地乖乖站著。

基婷：「多頌媽媽，請過來這邊坐一下。」

蓮喬（緊張）：「是……」

基婷：「多頌你先上去。」

多頌對基婷九十度彎腰行禮之後上樓，看著多頌變得如此乖巧，蓮喬和雯光都感到莫名其妙。

基婷（把畫推到蓮喬面前）：「這是多頌剛剛畫的……」

在緊張兮兮的蓮喬後方，雯光也一起看著那幅畫。基婷抬頭看了雯光一眼。

基婷：「我想和多頌媽媽單獨談談。」

蓮喬（慌張）：「啊……這一位是……」

基婷：「不，麻煩離開。」

看到基婷堅決的態度，蓮喬也無法再說什麼。雯光瞪了基婷一下……靜靜地離開。

基婷：「我剛剛有提過，我主修藝術心理學和藝術治療吧？」

蓮喬：「是……」

基婷（看著圖畫）：「請問多頌一年級時發生過什麼事嗎？」

蓮喬：「……啊！」

蓮喬突然尖叫了一聲，又把嘴摀住……雙手開始發抖起來。

基婷：「不好意思第一堂就跟您說這些，為了讓我好好了解多頌，就算花點時間也要確認發生了什麼事。」

蓮喬：「多頌一年級時……」（哽咽）「不過這麼突然不太方便……怎麼辦呢？」

基婷：「那麼……以後再說也沒關係。」（用手指著多頌的畫）「通常畫的右下方稱為『思覺失調症區』，很常表現出精神方面的症狀。多頌畫了特別的形狀吧？」

蓮喬：「啊……是。」

看著畫的蓮喬，抬起頭來看到掛在牆上的多頌的畫。

蓮喬：「我的天啊！在那個角落……差不多的位置！」

基婷（回頭看了一下）：「沒錯，同樣的區塊，差不多的形狀，看出來了嗎？」

蓮喬含著淚水不斷地點頭，壓抑不住情緒般抽噎了起來。

蓮喬：「每天吃飯都看著他的畫」（……哽咽）「我卻什麼都不知道。」

基婷：「請冷靜下來。總之，這些都是多頌心裡的黑盒子，我想要小心翼翼地打開那個黑盒子，請給我一點時間。」

蓮喬：「是，老師，我一定會耐心等待。」

基婷（用冷靜的表情）：「首先我需要每週一二四五，每次上課兩小時。這不是單純的家教，而是『藝術治療』，因此理論上我的鐘點費會比較高。」

蓮喬：「那當然！沒問題。」

「優秀的留學派美術老師」潔西卡持續厚臉皮地演戲中……隨著車子抵達的聲音，蓮喬的老公，也是多蕙、多頌的爸爸——朴東翊社長（男，45歲），從和地下車庫相連的玄關旁樓梯出場。玄關上方的感應燈像是歡迎朴社長回來般閃爍著……同時看到提著行李跟在後頭的尹司機（男，31歲）。

蓮喬：「啊……」（擦掉淚痕）「……老公，介紹給你認識。這位是潔西卡老師！多頌新來的美術老師……」「潔西卡，This is 東翊（這是東翊）。」

基婷（簡短地）：「你好。」

東翊散發著忙碌的執行長特有的疲勞感，和基婷短暫地握了手。

東翊：「多頌就拜託妳了。」（對著蓮喬）「已經上完課了嗎？」

蓮喬：「對，剛上完。」

東翊：「尹司機，你有空嗎？可以送老師回去嗎？晚上一個人走不太好……」

#25 朴社長的車內，晚上

高級賓士車內，靜靜地開車的尹司機透過後照鏡偷看基婷。坐在陰暗後座的基婷，很適合豪華的賓士後座。

尹司機：「老師，既然都送了，直接送妳回家好嗎？請問妳住在……」

基婷：「不用了，送我到惠化地鐵站就好。謝謝。」

斷然拒絕的基婷似乎引發尹司機的好奇，尹司機開始窮追不捨地追問。

尹司機：「就算很遠也沒關係，反正我已經下班了……」

基婷：「我要在惠化站下車。」

尹司機（看著窗外）：「唉喔，好像快下雨了……別搭地鐵，一路搭賓士……」

基婷（打斷）：「不用了，我和男友約在三號出口見面。」

尹司機：「啊……是……」

尹司機收起臉上的笑容，靜靜地轉了方向盤。基婷盯著尹司機的後腦勺好一陣子，像是想到某個事情般……把手伸進自己的裙子裡，偷偷把內褲脫下來。

基婷把脫掉的內褲握在手上，眼神在黑暗中發亮。

#26 自助式司機餐廳，白天

基婷：「爸你以前當代駕時，常開賓士嗎？」

基澤：「比起當代駕，我在大峙洞代客泊車的時候比較常開賓士。」

基婷：「老爸也做過代客泊車啊？」

忠淑：「在炸雞店倒閉後，賣台灣古早味雞蛋糕之前……大概有六個月吧？」

基澤：「不對，是古早味蛋糕店倒閉後。」

在一間很大的自助式司機餐廳裡，基澤和家人在盤子上裝著滿滿的菜繼續前進。

基宇（看著基婷的臉色）：「我們要進行下個階段了嗎？」

基婷：「我已經在賓士裡設好圈套了，看看會怎麼發展吧。」

基宇：「那已經開始了呢……」（環顧餐廳）「哇，在這種脈絡下，這裡真的很有象徵意義！爸，我們剛好在司機餐廳吃飯呢！」

到底在說什麼……基澤雖然聽不懂脈絡的意思卻依然開心，朝著兒女露出燦爛的笑容。

基澤：「就是啊！我們在司機餐廳呢！你們多吃一點！」

忠淑：「你搶什麼功勞？明明是孩子請吃飯。」

基澤似乎已經很熟悉這種辱罵聲了，開朗的表情絲毫沒有變化。

基澤：「來……」（把肉夾給基宇）「兒子，多吃一點。」

基宇：「好的，爸爸！」（看著基婷）「不過，基婷，妳昨天對那位貴婦做了什麼？」

基婷：「你指什麼事？」

基宇：「超誇張的，她一直說多虧潔西卡老師，非常感動和震驚……」

基婷（噗）：「幹，我也不知道，我只是搜尋『藝術治療』，把資料背出來，她就一直掉淚……真是瘋婆子，害我都不知道該怎麼辦才好。」

#27 賓士車內，晚上

東翊坐在行駛的賓士後座。正在翻閱很多張資料時，其中一張掉落下去。當他彎腰撿起來的時候，在前座下方的縫隙看到白色的東西……撿起來看，原來是女內褲。

東翊皺了皺眉頭，靜靜地瞪了尹司機的後腦勺，然後無言地把內褲放進口袋裡。

#28 豪宅，玄關——廚房，晚上

從樓梯走上來的朴社長，經過感應燈閃爍的玄關，快速地走到廚房。

蓮喬：「老公怎麼了，發生什麼事了？」

東翊（看了一下周圍）：「老婆，我在汽車座椅下找到這個……唉，尹司機這小子……」

東翊把女內褲拿出來，蓮喬驚訝地瞪大嘴巴說不出話來。

東翊：「妳給他的薪水不是挺好的嗎？難道這傢伙不去開房間是為了

省錢？」

蓮喬：「可能是一種變態吧，在老闆的車裡做愛會更興奮的那種人？」（看著東翊的臉色）唉，老公，對不起……我不知道尹司機是這種人……」

東翊：「年輕人私下有性生活不是問題……關我什麼事，為什麼偏偏在我的車子裡……還有，要做在自己的前座就好，為什麼要逾越界線？非得把精液滴在我的位置才爽嗎？」

蓮喬觀察著東翊的臉色，戰戰兢兢地不知該如何是好。東翊再次看了內褲一眼。

東翊（小聲地）：「不過……你知道最詭異的是什麼嗎？」

蓮喬（驚悚）：「……什麼？」

東翊：「妳好好想想……不知道嗎？」

蓮喬：「……」（不安）

東翊：「通常車震時，應該會掉頭髮或耳環什麼的吧？但怎麼會掉內褲呢？」

蓮喬：「就是啊，怎麼想都不可能。」

東翊：「所以我懷疑那個女人的狀態……你懂我的意思嗎？」

東翊看了一下周圍，靠近蓮喬的耳朵說悄悄話。

蓮喬：「天啊……」（臉色發青）「冰毒？古柯鹼？這種的？」

東翊：「噓！」

蓮喬：「那怎麼辦？萬一車子裡查出白色粉末就糟糕了！」

東翊：「老婆，冷靜一點，relax（放輕鬆）。別想太多，剛剛只是推測，合理懷疑而已。」

夫妻講悄悄話的時候，攝影機平移（Pan），看到背著背包站在樓梯偷聽的基婷。

東翊：「總之，沒有必要報警。更何況我這個大忙人質問他：『你幹嘛在我車裡打炮？』也很可笑。所以說……」

蓮喬：「是……」

東翊：「妳找個藉口，低調地解雇他好嗎？不要提到內褲或車震的事……」

蓮喬：「知道了，老公。我不會讓『多頌家的尹司機，因為車震被解雇了』的話傳出去……」

東翊：「沒錯。我們沒必要降低格調，understand?（懂了嗎？）」

蓮喬（點頭）：「……不過他會不會在網路上亂寫一通？像是『檢舉知名IT企業執行長無故解雇』之類的……」

東翊：「妳就多付一點資遣費，而且解雇時謹慎地選擇用詞，那樣就好了。」

聽著夫妻的悄悄話，基婷故意發出腳步聲假裝下樓。蓮喬嚇了一跳，東翊急忙把內褲藏起來，為了掩飾慌張露出尷尬的微笑。

蓮喬（燦爛的笑著）：「結束了嗎？今天多頌乖嗎？」

#29 豪宅庭院——大門，晚上

蓮喬和基婷穿越夜晚的空氣走過庭院。蓮喬一臉和善地緊靠在基婷的身旁。

蓮喬：「老師，上次妳來上課，尹司機送妳回去那天……」

基婷：「是。」

蓮喬：「這麼問有點怪……但那天沒發生什麼事吧？」

基婷：「是……我平安到家了。」

蓮喬：「啊，是……」（安心）「……那就好。」

基婷：「他非常親切，我說到惠化地鐵站就好，但他堅持想送我回家……」

蓮喬（生氣）：「那傢伙這麼晚竟然想去妳家？所以他知道老師家住哪？」

基婷：「沒有，我在惠化站下車了。」

蓮喬：「好險～」（放心地嘆了口氣）「太好了，做得很好。潔西卡 nice（很棒）。」

基婷：「不過……他怎麼了嗎？」

蓮喬（打開大門）：「總之，發生不太好的事被解雇了。老師不用知道這些。」

基婷：「是……好意外，他看起來很紳士也很酷。」

蓮喬：「唉喔～潔西卡，妳太年輕單純了！妳見過的人太少了。」

基婷努力忍住不斷湧上來的笑意，從大門的樓梯走出去。遠遠看到雯光帶著三隻狗散步回來，蓮喬對著狗揮揮手……

蓮喬（嘆氣）：「……雖然我們本來也覺得年輕司機不錯。」

基婷：「是……不過司機還是年長一點比較好吧？」

蓮喬：「的確是，機率上來說開車技術較好……也更穩重……」

基婷：「在我大伯家工作的司機就是那樣。他叫金司機，人很溫柔穩重。我小時候都叫他叔叔……」

蓮喬：「妳認識那樣的人嗎？」

基婷：「對，個性真的很好。不過我大伯最近調到芝加哥，金司機現在好像沒工作……」

蓮喬：「我很有興趣，可以安排見面嗎？我現在不太相信別人。不是熟人推薦，我無法信任。潔西卡老師從小認識的人……聽起來就很放心！」

雯光用充滿好奇的眼神靠過來聽兩人的對話，小狗們搖著尾巴圍繞在蓮喬身邊。

基婷：「真的要見他嗎？Are you serious?（妳是認真的嗎？）」

蓮喬：「I'm deadly serious（我非常認真）我覺得透過信任的人介紹最好！就像是什麼呢？」（手比出奇怪的動作）〈信任鎖鏈〉？

流淌著電影主題曲〈信任鎖鏈〉的旋律，出現一連串剪接鏡頭……

#30 某處，白天

基澤坐在高級賓士的駕駛座繫上安全帶，到處按著儀表板，坐在後座的基宇也不時給予意見。看到其他客人靠近，兩個人再笑呵呵地換到別台的賓士。位於江南某處的大型賓士展示中心……不斷地遊走於最新款賓士的兩個人，分享著父子的情誼。

#31 東翊的公司，執行長室，白天

從窗外可以看到高樓大廈的辦公室。東翊正和組長們熱烈地討論著，轉頭看到玻璃牆外，穿著西裝的基澤坐在椅子上靜靜地等待。

東翊（嘴型）：「很抱歉！請再等我一下！」

基澤：「是，沒關係。」（嘴型和手勢）「請您慢慢聊……」

#32 行駛的賓士車內，下午

東翊：「這不算試乘……你不用那麼緊張。因為一直都關在辦公室裡，一整天工作太悶了想透透氣。」

「信任鎖鏈」的音樂繼續流淌著，看到握著賓士方向盤的基澤的臉。

基澤：「是，我了解。整天面對人一定很累吧？至少在車子裡，請享受寧靜……」（關掉導航）

東翊：「謝謝。你似乎對路很熟。」

基澤：「三十八度線以南的大街小巷都沒問題，畢竟我也開了三十年的車。」

東翊：「我很尊敬長年在同個領域工作的人。」

基澤：「其實這個職業很單純。長時間以來，我載著一家之主，一個公司老闆，或只是一個孤獨的男人……我每天早上和這個人一起上路，就像某種『陪伴』……」

東翊：「哦……」

基澤：「我以這樣的心情度過每一天。時間過得真快呢。」

有點肉麻的台詞，但因為基澤不太流利的口吻，反而聽起來有種真誠的錯覺。配合著高揚的音樂，基澤的方向盤也流暢地左轉彎……

東翊：「你的轉彎技術果然很純熟。」

#33 豪宅樓梯——廚房前，晚上

音樂繼續流淌著，用高速攝影拍出以優雅節奏下樓的基婷。她看了一眼坐在餐椅上睡覺的雯光，小狗們在低聲打呼的雯光腳下打轉。基婷經過廚房口，用手拍了一下牆壁發出「碰」的聲音，嚇一跳的雯光睜開眼睛，假裝自己沒睡覺。

（基婷）：「她真的是……老狐狸。有時還擺出彷彿跟夫人是親姊妹的樣子。」

#34 豪宅，多蕙的房間，晚上

正在上課的多蕙，雯光把水果盤放在書桌後離開。基宇靜靜地看著她的後腦勺。

（基宇）：「在所有人當中，她住在那裡最久。她是前屋主南宮賢子老師的幫傭，接著繼續做多蕙家的幫傭。南宮賢子老師把房子賣掉去法國時，一定是一邊把她介紹給朴社長夫婦，一邊說著『她真的持家有方』……」

#35 「披薩時代」店內，白天

忠淑：「屋主換了，幫傭卻沒換。」

基宇（點頭）：「她死守著這份好工作。」

基婷：「想除掉那種女人，我們要有所準備。」

基宇：「沒錯，需要好好計畫。」

有著俗氣Logo的「披薩時代」店內的角落位置。基宇和基婷找忠淑過來認真地商討中。（#4的）女老闆親自端來超大的綜合口味披薩，一臉不爽的表情……

忠淑（對著女老闆）：「小姐，再給我們一點辣醬。」

女老闆把隔壁桌上的辣醬拿起來丟給她，忠淑的嘴型看起來像是說著「賤女人……」。基宇盯著辣醬看，然後實驗般地將辣醬倒在白色餐巾紙上。

基宇：「不過，我聽多蕙說過……」

#36 豪宅，多蕙的房間，晚上

多蕙：「蘋果我已經吃膩了，我最喜歡吃水蜜桃。」

基宇：「怎麼不叫阿姨準備？」

多蕙看著雯光端來的水果盤嘮叨著，用手拿起蘋果放進基宇的嘴裡。

多蕙（噘嘴）：「我們家不能吃水蜜桃，那是禁忌。」

#37 附近超市，白天

基婷拿起陳列在超市前的一顆水蜜桃，在陽光下端詳了水蜜桃的細毛。

（基宇）：「聽說阿姨對水蜜桃嚴重過敏。只要一靠近，全身就會起紅疹，出現呼吸困難或氣喘發作等症狀，會去掉半條命。」

#38 半地下室廚房，白天

基宇用鋒利的刮鬍刀片刮下水蜜桃的細毛，再把刮下來的細毛放進透明的筆蓋裡。音樂旋律變得犀利和尖銳，刺激的旋律彷彿可以割斷神經。

#39 豪宅庭院，下午

基宇下課後走出玄關門口，對著在庭院給小狗點心的雯光打了招呼。基宇從口袋拿出原子筆，經過雯光的背後時，把水蜜桃細毛倒在雯光的肩膀上。

#40 豪宅前，住宅區的道路，晚上

基宇走下大門口的樓梯，還走不到幾步就聽到雯光劇烈的咳嗽聲。基宇大步走在下坡路上，響徹夜空的咳嗽聲和高揚的音樂交織在一起。

#41 綜合醫院，白天

坐在醫院椅子上等待叫號的雯光正在講電話，臉上依然看得到紅腫的痕跡。基澤正在偷看雯光，他調好從肩膀後方看到雯光的角度，偷偷自拍下來。

雯光（講手機）：「真是的……這次真的最嚴重，我還以為我會死掉……不是，家裡沒有水蜜桃。對，就是呀！所以我快瘋了！」

#42 百貨公司地下停車場，白天

蓮喬雙手拿著許多購物袋來到停車場。基澤打開賓士的後車廂，接手把購物袋放進去。基澤露出猶豫的神情，苦惱（？）了一下之後……在蓮喬面前拿出手機。

基澤：「太太，有一件事我想要跟您確認……」（出示手機照片）「請問後面這一位……是不是……」

蓮喬：「嗯？是我們家的阿姨。」

基澤：「真的是她，怎麼辦呢？因為……我原本不太確定是不是她……我在客廳見過一兩次而已……」

蓮喬：「這是什麼照片？在醫院拍的嗎？」

基澤：「是，我前幾天去醫院做健康檢查，我自拍要傳照片給我老婆……沒想到拍到她在我後面。」

蓮喬（更仔細地看著照片）：「她似乎正在講電話。」

基澤：「是……那個……我不是故意聽她講電話的，卻聽到她的內容……」

#43 半地下室客廳，白天（過去）

基澤（不自然的語調）：「……我不是故意聽她講電話的，可是卻聽到一些內容……不自覺就聽下去……」

基宇：「卡！只要有點不知所措的感覺就好了，現在感覺太誇張了。」

基澤手上拿著寫著台詞的紙，像演員般練習著……基宇大喊「Action」！

#44 賓士車內，白天

基澤：「就是……我不是故意聽她講電話的，因為她講話太大聲才聽到的。」

蓮喬（緊張起來）：「你聽到什麼？」

馳騁的賓士車內，基澤偷瞄了坐在後座的蓮喬一眼，猶豫一下後下定決心似地……

基澤：「不知道該不該說這件事……真是的……」

#45 半地下室客廳，白天（過去）

基宇（示範台詞）：「我聽到她說……她罹患肺結核！」

#賓士車內，白天

蓮喬（訝異）：「你說什麼？肺結核？！」

基澤：「她說她罹患開放性肺結核……對著電話裡的人一直吼……氣到整個人有點失控。」

#47 半地下室客廳，白天（過去）

基宇（模仿女人的聲音）：「現在還有人得肺結核嗎？」

#48 賓士車內，白天

蓮喬：「現在還有人得肺結核嗎？」

基澤：「以前聖誕節不是會買防癆郵票嗎？聽起來很像舊時代的事吧？不過請您搜尋看看，韓國目前是 OECD 國裡肺結核第一位。」

蓮喬：「天啊，她……」（激動）「怎麼可以不告訴我……這真的……」

基澤：「我也一直很猶豫是否要親口告訴您……我考慮了很久，但我看阿姨一直裝沒事繼續工作，家裡還有多頃這樣的小孩，肺結核病人卻在廚房洗碗、做菜……」

蓮喬：「夠了！」（像是抓狂般）「不要再說了！」

#49 豪宅二樓，多頌的房間，下午

基婷讓多頌坐在膝蓋上從背後抱著多頌，臉貼在多頌的臉頰看著他畫畫……手機鈴聲響起，基澤傳來的簡訊「三分鐘後到家，快去準備。」

#50 豪宅樓梯——廚房，下午

激昂的音樂……基婷走下樓梯，從口袋抽出手來，陽光照耀下看到指尖上沾滿水蜜桃細毛。基婷進入廚房打開冰箱拿出礦泉水瓶，雯光順手將杯子遞給基婷。基婷接過杯子的時候，將指尖上的水蜜桃細毛抹在雯光的手上。

#51 豪宅，地下車庫，下午

第一次出場的地下車庫，基澤拿著一堆購物袋走在前面先上了樓梯。蓮喬心煩意亂地跟在後頭，從這裡就聽到雯光劇烈咳嗽的聲音。

#52 豪宅玄關前，下午

臉色發青的蓮喬一直盯著快把肺咳出來的雯光，雯光走過來本來想要接下購物袋，卻咳得更厲害了。雯光返回廚房抽出衛生紙堵住嘴巴，把衛生紙丟到垃圾桶後急忙跑到廁所。彷彿目睹結核菌擴散在全家的瞬間般，蓮喬感到一陣恐慌。基澤冷靜地看著被丟進垃圾桶的衛生紙。

#53 半地下室客廳，晚上

基宇：「如果有機會用上這個……就太棒了。就照著練習那樣做就好了。」

#54 豪宅玄關前——廚房，下午

將蓮喬留在身後，基澤走向垃圾桶，從口袋拿出某個東西後，把手伸向垃圾桶。拉近鏡頭聚焦在基澤的手，看到手上隱藏著「披薩時代」的小辣醬包。基澤的手撕開辣醬，灑在雯光丟棄的衛生紙上。

（基宇）：「最終就是要讓她看到血……」

一臉蒼白的蓮喬，從她的視線看到基澤把雯光「咳血」的衛生紙從垃圾桶拿出來。出示衛生紙的基澤表情也很介意般地皺著眉頭。

蓮喬似乎要昏倒般……閉上了雙眼。

隨著一連串的鏡頭播放的主題曲〈信任鎖鏈〉，終於迎向最高潮的結尾。

#55 豪宅樓梯，下午

音樂消失了，只剩下一片寂靜的屋內。基澤的手機布滿整個畫面，看到蓮喬傳來的簡訊。

「請到二樓三溫暖室。」「別讓阿姨知道。」基澤看了一下周圍，悄悄地走上二樓階梯。

#56 三溫暖室，下午

電話亭大小的家庭式三溫暖位於二樓的盡頭，隱藏在浴室和更衣室之間的角落裡。基澤一走進去，蓮喬就把門關上，也把百葉窗關起來。兩個人在完全密閉的狹小空間裡，從微微透進來的光線，看到蓮喬充滿血絲的眼睛和暈開的眼妝。

蓮喬：「金司機，今天的事……請不要告訴我先生好嗎？」

基澤：「好的。」

蓮喬：「肺結核病人在家裡的事傳到他耳裡……我一定會被碎屍萬段。」

基澤：「太太，請不用擔心。還有雖然很冒昧……但我還是想澄清……我和那位阿姨沒有私人恩怨……」（更壓低聲音）「我只是站在公共衛生的立場上，感覺告訴您比較好，不是想要打小報告……」

蓮喬（打斷）：「這你不用擔心。我不會跟阿姨提到肺結核的事，我會找別的藉口解雇她，簡單且低調地解雇。」

基澤：「是……」

蓮喬（嘆氣）：「經驗告訴我，這麼做最好。」

基澤：「是……這樣的話……」

基澤把手伸出來，就像是達成保密協議般地想要握手。握手就有點尷尬了，握住手搖一搖顯得更尷尬。蓮喬默默地握著手，突然皺起了眉頭。

蓮喬：「那個……你洗手了嗎？」

#57 豪宅廚房——後院，晚上

透過廚房的玻璃窗看到後院。不知是否颱風要來，風有點大……在庭院桌前對坐的蓮喬和雯光。蓮喬故作鎮定，有條不紊地說著一些事情，雯光的表情卻看起來愈來愈沉重。

#58 豪宅大門前，道路，晚上

雯光拿著很大的包包，離開家門有氣無力地走在下坡路上。失了神的表情，頭髮被強風吹的到處亂飛。周圍逐漸被黑暗籠罩，雯光頻頻回頭，停下來茫然地看著緊閉的大門。

#59 賓士車內，下雨的晚上

東翊：「金司機，你知道哪裡的燉牛排骨好吃嗎？不要太遠……這附近就好。」

基澤：「是。」（轉換車道）「吃完晚餐再回去嗎？」

東翊：「沒錯。今天怎麼特別想吃燉牛排骨呢？不過以後在家吃不到了。」

從八線道平穩轉彎的賓士，滴落的雨滴一致往旁滑出去。

東翊（笑一下）：「原本的阿姨很會做燉牛排骨。」

基澤：「那個前幾天離職的……」

東翊：「她在家裡工作很久了……我老婆不告訴我她為什麼不做了。真是的……雖然再找人並不難，不過還是很可惜，她真的很不錯。」

基澤：「是……」

東翊：「把家裡打理得很好，廚藝也很好，而且做事很懂得拿捏分寸。我最討厭逾越界線的人，她完全不會。缺點大概只有一個？」（笑）「吃太多？聽說每天吃兩人份的飯。但她相對也做很多事。」

基澤：「……那麼要快點找新人打理家裡了。」

東翊（點頭）：「真的很困擾……一個禮拜後，家裡就會變成垃圾場！哈哈，我的衣服會發出臭味，多頌媽媽本來就不太會做家事，不會打掃，做菜也很難吃！」

基澤：「……不過還是愛她吧？」

聽到基澤沒來由地這麼問，東翊突然愣了一下，然後哈哈大笑起來。

東翊：「那當然，我愛她……那就是愛吧。」
基澤：「那要不要試試看這個……」

基澤從口袋拿出一張名片遞給東翊。象牙白色的名片，有著簡單時尚的設計。中間只有 *The Care*（頂級管理）一個單字。

東翊：「"The Care"？這是什麼？」
基澤：「我也是最近才知道這間公司……該怎麼說呢？他們是會員制，針對您這種VIP客人，派遣幫傭、看護或我這種司機……是專門的人力派遣公司。」
東翊：「嗯……光看名片就很高級（翻看名片的背面），很有設計感……那金司機怎麼知道這間公司的？」
基澤：「他們主動跟我聯繫，因為我也是資深司機，算是一種挖角？但他們聯絡時，我已經約好和您面試……」
東翊：「嗯……」（點頭）「原來如此。拒絕這種知名企業而選擇我的恩惠，我永生難忘！哈哈哈。」

基澤：「社長也真是的……哈哈。」

賓士車內雖然表面上充滿了笑聲，但私下卻有種微妙的緊張感。朴社長立刻一臉正經起來。

東翊：「總之，我直接把名片給我老婆就可以了？」

基澤：「是，希望能幫上忙，不用提到我的事情。您就說……」（笑一下）「是親自打聽的公司……」

東翊：「我知道了。多虧你，我可以趁機表現一下，謝謝。」

基澤：「因為是會員制，網路上找不到官網。背面有聯絡電話，可以先打去諮詢……」

#60 半地下室，早上

傳統摺疊式手機發出叮鈴鈴～的鈴聲，手機上用膠帶貼著"The Care"的名片，基婷打開手機用沉穩的表情接電話，聲音和平時差很多。

基婷：「您好，我是"The Care"的顧問呂明善。」

忠淑和基澤出神地看著講電話的基婷，坐在餐桌上吃早餐。

忠淑：「這孩子當詐騙集團一定賺大錢……」

基澤：「聲音很好聽吧？像到我。」

#61 豪宅廚房，早上

蓮喬戴著橡膠手套，把碗盤等放進洗碗機裡，打開擴音器通話中。將各種鍋子等大型廚房用具煮沸消毒的大鍋子裡，冒出陣陣白煙。

蓮喬：「聽說你們要先加入會員……」

（基婷）：「是，我們採會員制。您現在還不是會員吧？加入會員只需要幾個步驟。」

蓮喬：「是……」

（基婷）：「請問現在有紙筆嗎？要麻煩您準備一些資料。」

#62 豪宅後院的桌子，下午

頭髮梳理整齊、化了淡妝的忠淑坐在後院的白色桌子旁，蓮喬坐在對面慢慢瀏覽著幾個文件，其中特別留意「健康檢查證明」……被初夏陽光映照的白蝴蝶飛過忠淑面前，開始流淌著抒情的詠嘆調。

#63 豪宅各處、晚上

以詠嘆調為背景，隨著忠淑輕輕上樓的腳步，Steady Cam（攝影機穩定器）優雅地跟著上樓。看到忠淑拿著托盤前往二樓走道的背影。

忠淑打開多蕙的房門走進去，走到正在上課的多蕙和基宇身旁，把水果盤放下來。

多蕙：「哇！是水蜜桃！」
忠淑：「凱文老師也多吃一點。」
基宇：「謝謝。」

忠淑趁多蕙沒看到，拉了一下基宇的耳垂。基宇嚇得露出慌張的表情。忠淑偷笑著離開房間，Steady Cam 繼續跟隨著她……

忠淑接著進去多頌的房間，基婷從房間一角的印地安帳篷探出頭來。在狹小溫馨的帳篷裡，多頌在基婷的懷裡畫畫，基婷觀察著忠淑的表情說。

基婷（一臉正經）：「阿姨，點心以後請放在門口，敲門就好。」
忠淑：「啊……是。」
基婷：「上課中絕對不要進來。」

忠淑不順眼似地冷笑了一聲。用「算妳狠！吃死妳！」的嘴型，將水蜜桃遞給基婷。忠淑隨便瞄了房內的畫後走到走道。朴社長似乎回來了，樓梯下方傳來聲音。多頌聽到爸爸回來的聲音從房間跑出來，像子彈般超越忠淑急忙下樓。

多頌：「爸爸，無線對講機呢？」

蓮喬：「你還在上課，怎麼可以跑出來？」

東翊：「唉喔，我的兒子……一整天只想著露營的事呢！」

東翊將多頌高高舉起來抱在懷裡，Steady Cam 優雅地轉個方向：看到基澤從車庫的樓梯抱著一堆盒子走上來。在各種露營用品的盒子裡，最上面放著無線對講機。

多頌：「哇！T-667，太棒了！」

蓮喬：「怎麼買這麼多？露營用品去年不是都買好了？」

東翊：「沒有重複的，今年全都備齊了也不錯。」

多頌拿出對講機，也好奇地摸著露營用品、劈材用斧頭等。經過廚房的基澤偷偷捏了忠淑的屁股，忠淑笑一下走向流理台。
用長鏡頭的Steady Cam，將完全滲透進朴社長家庭的狀況一覽無遺⋯⋯隨著詠嘆調即將優雅地結束這個場景的時候——
多頌突然到處聞著味道，然後跑到忠淑的面前把鼻子埋到她的肚子裡，嚇一跳的忠淑低頭看他。多頌接著跑到基澤那邊，也把鼻子貼在基澤的腿上。

蓮喬：「多頌，怎麼了？」
多頌：「一樣！他們有一樣的味道。」

基澤和忠淑突然緊張了一下⋯⋯蓮喬粗魯地推著多頌的背說。

蓮喬：「你在說什麼？快回去，潔西卡老師在等你。」
多頌：「好神奇！潔西卡老師的味道也差不多。」
東翊（對著基澤）：「哈哈。很抱歉，他有點特別⋯⋯」

大家都哈哈地笑著，但屋內漂浮著尷尬的空氣。

#64 半地下室，晚上

豐盛的晚餐，象徵幸運的「山水盆景」放在餐桌的正中央，顯得有點突兀。基澤在電烤爐上將牛肋排和松茸翻面後，突然聞起了身上的味道。

基澤：「多頌那小子……那我們該用不同的肥皂嗎？」

基宇：「爸爸，洗衣粉也該用不同的吧，柔軟精也是。」

忠淑：「要我分四次洗衣服是嗎？該死……」

基婷（淡淡地）：「不是那個問題，這是半地下室房間的味道。」

基宇：「……」

基婷：「要離開這裡才能擺脫那個味道。」

頓時一家人誰都沒有開口，只傳來滋滋……的烤肉聲。基澤似乎想要轉換氣氛似地說。

基澤（拿起 Sapporo 啤酒罐）：「來……總之這算是幸福的煩惱吧？一個警衛職缺，都有五百個大學畢業生應徵的時代……」（激昂）「我們卻全家都找到工作！」

基宇：「爸爸說的沒錯！乾杯！」

基澤：「把我們四個的薪水加起來，他們每個月要付我們很多錢！為偉大的朴社長獻上無盡的感謝吧……還有敏赫！你有這麼棒的朋友，多虧他我們才能……幹，又來了！」

一家人一致朝著窗外看過去，如同瀑布般的尿嘩啦地傾瀉下來。腿特別短的醉漢搖搖晃晃地在窗邊尿尿。

基宇：「死渾蛋……」

基宇毫不遲疑地站起來，拿起餐桌上的「山水盆景」當作武器，大步朝著玄關走過去。基澤嚇了一跳立刻跟過去。

基婷（笑一下）：「哦～金基宇生氣嘍！」

忠淑：「他幹嘛這麼誇張？是想殺人嗎？」

基澤追過去搶走山水盆景，於是基宇在玄關拿起雨傘跑出去。基婷以「看好戲嘍～」的表情拿起手機攝影。基宇從窗外（慢動作）Frame in（入鏡），拿著雨傘不斷地揮舞。被毒打一頓的醉漢，一邊撒著尿一邊在地上打滾。基澤拿著水桶跑過來，把水潑向醉漢，卻因為失去平衡……不小心整個潑到基宇身上！基婷不禁放聲大笑，忠淑卻對窗外發生的事情一點興趣都沒有，想一個人把牛肋排吃光般地專心烤肉。隨著詭異的音樂和窗外淋濕的男人們的暴力動作，畫面往上漸漸 dissolve（溶接）……

#65 豪宅庭院，白天

……持續 dissolve，陽光耀眼的庭院，腰上圍著印地安箭和斧頭的多頌，拿著被蠟燭燻黑的玻璃片看著太陽和雲朵後…用對講機說話了。

多頌：「現在天氣晴完畢，少許雲朵移動中。不過不是烏雲，完畢！」

#66 豪宅——廚房

東翊：「收到，完畢。現在你姊姊嘴巴嘟嘟，完畢。簡直就像鴨子！朴多蕙的臉超臭，完畢。」

東翊一邊笑著一邊逗弄多蕙。多蕙雖然穿著去露營的服裝卻一臉不高興。

蓮喬：「妳幹嘛這樣……都要出發了，開心一點好嗎？」

多蕙（不耐煩）：「我不能留在家裡念英文嗎？把凱文老師找過來。」

蓮喬：「多蕙，這不是一般露營，妳是姊姊，怎能缺席弟弟的生日？待會晚上有營火，過了十二點慶生，看著星星吹蠟燭……哇～光用想的就覺得很棒吧？」

忠淑拿著吉他袋、帳篷等用具，從廚房地下室的樓梯走上來。多蕙做出放棄的表情前往地下車庫，將很大的藍芽耳機戴在頭上。蓮喬帶著忠淑走到位於客廳角落的三隻狗面前。

蓮喬：「妳記得吧？（從左邊開始）這是珠妮、貝里和噗噗。」

忠淑：「是。貝里和珠妮一定要吃這個吧？『自然平衡有機』的。」

蓮喬指著寵物用品籃子的各種飼料，一一跟忠淑確認。

蓮喬：「沒錯，還有噗噗……要吃日本魚板。」

#67 豪宅地下車庫，白天

蓮喬：「珠妮散步時繩子放長一點，牠喜歡四處跑跳才開心。妳把這隻狗想成是多頌就好了！」

忠淑：「是！」

蓮喬在駕駛座握著方向盤，到最後一刻還說著小狗的事情。當車庫門完全打開後，載著全家人的賓士車駛離車庫。坐在後座的多頌，朝著忠淑做出射箭的動作，忠淑握住胸口假裝被射中。終於……只剩下忠淑一個人，她按下按鈕關上車庫門。忠淑的臉漸漸被黑暗籠罩。

#68 豪宅客廳，晚上

忠淑躺在大沙發上安穩地睡著了，安靜的客廳裡只聽得到呼吸聲，傍晚奇幻的光線圍繞著忠淑的臉。忠淑醒來擦了擦口水，坐起來的時候……看到被忠淑擋住的基澤，正在後方睡覺。忠淑看向庭院，看到基宇和小狗們一起躺在草皮上，拿著黃色筆記本看著天空。

忠淑：「兒子！你為什麼在外面躺著？」

基宇看著天空大口深呼吸，表情好久沒有這麼放鬆了。

基宇：「媽也試試看。躺在家裡看天空很享受。」

基宇撐起身體站起來走向客廳，伸了個懶腰後走向廚房的冰箱。

基宇：「媽媽，要喝水嗎？」

忠淑：「好。」

基宇從冰箱拿出幾瓶〝Evian〞礦泉水，將一瓶遞給忠淑，然後走到二樓。

基澤頂著一頭亂髮起來，打開客廳角落的陳列櫃，裡面擺放著各種威士忌。

#69 豪宅二樓浴室，晚上

基婷在放滿泡泡的浴缸裡泡澡，用遙控器轉著掛在牆上的電視頻道。隨即聽到敲門聲。

（基宇）：「妳要喝水嗎？」

基婷：「真是心有靈犀，謝謝。」

從微微打開的門縫中，基宇將一瓶水用滾的送給基婷後，走向多蕙的房間。

#70 豪宅多蕙的房間，晚上

基宇跳起來倒在多蕙的床上，打開放在床和牆壁中間的木盒。那是多蕙上了密碼鎖的秘密寶盒。基宇把在庭院看完的黃色筆記本放回去，再拿出另一本黃色的筆記本。打開筆記本，裡面是密密麻麻的小字。

#71 豪宅三溫暖，晚上

圍著白毛巾的基澤，渾身是汗地坐在冒著白煙的三溫暖裡。基澤喝著冰涼的礦泉水，把沙漏倒過來。嘩啦啦啦——從畫面上方傳出雨聲。

#72 豪宅客廳，晚上

沙發前的大桌子上，放著各種威士忌和高級食材。一家四口放鬆地坐在沙發和桌子周圍，看著窗外的雨喝酒。

基澤：「挺有格調的……外面下著雨，我們喝著威士忌。」

基澤在裝有冰塊的杯子裡，一點點倒入各種洋酒，聽到酒瓶不斷碰撞的聲音。

忠淑：「幹嘛一點一點地混酒喝？」

基澤：「每一瓶都倒一點點才不會被發現，如果把某一瓶都喝光的話……」

忠淑：「真會耍小聰明……」

貝里搖著尾巴靠近，忠淑一腳把牠踢開，忠淑已喝到臉頰泛紅。

基婷：「不過，爸每次混酒喝就會變渾蛋吧？」

基澤：「基婷。」（笑著）「怎麼可以說爸爸是渾蛋？連妳都這樣，我真的很難過……」

基宇：「爸爸，我幫你特調一杯。」

基宇順暢地轉換了氣氛，用雙手倒著威士忌。他看著窗外的雨說。

基宇：「哇～現在橫城也下雨吧？多蕙的家人應該也很浪漫，從帳篷上方傳來雨滴的聲音…同時配合著吉他的旋律……」

忠淑：「不過兒子，那本黃色的是什麼？」

基宇：「這個嗎？」（看著黃色筆記本）「多蕙的日記。」

基婷：「真可惡，你為什麼偷看她的日記？」

基宇：「我只是為了更深入地了解彼此……」

基婷：「發神經，你們在交往嗎？」

基宇（點頭）：「我是認真的，她也很喜歡我。等她上大學，我想正式跟她交往，我是認真的。」

一家人暫時呆呆地望著基宇，基澤突然拍了一下基宇的肩膀。

基澤：「哇～兒子啊！那未來這裡就會變成你老婆的娘家。」

基宇：「哈哈，是嗎？」

忠淑（笑著）：「幹，那我現在是在幫親家洗碗嗎？」

基澤：「哈哈哈，沒錯！幫親家公洗內褲，幫媳婦洗襪子！哈哈哈！」

基澤一邊笑著一邊做出洗襪子的動作……然後臉慢慢僵住，他感受到忠淑散發著無言的殺氣。不過忠淑乾掉威士忌後恢復平靜的臉，出神地看著基宇。

忠淑：「我蠻喜歡她的，挺文靜的。人漂亮，似乎也沒學壞。」

基宇：「既然都說到這了……在現代社會親家本來就不太往來，大家認為親家一輩子會見幾次面？」

基婷（嘲笑）：「發神經……」

基宇：「後來發現婚禮時新郎的父母都是演員……這種情況也很常見，我們也這麼做好了。有很多情景再現的演員都兼這種差！」（指著基婷）「她去年在多少婚禮上打工喬裝賓客……」

基婷：「我甚至拿到不認識的新娘的捧花，因為拿到捧花還加薪三百元。」

忠淑：「哈，難怪妳的演技進步這麼多！」

酒席的氣氛變得很熱絡，大家都一邊笑著一邊喝酒。

基澤：「……不過除了我們演技好之外，這一家人是真的很好騙吧？」

忠淑：「尤其是太太，也多虧這樣讓我們……」

基澤：「沒錯。太太人很單純又善良……有錢卻很善良。」

忠淑本來要拿起酒杯喝酒，卻停下來看著基澤。

忠淑：「不是『有錢卻很善良』，是『有錢所以善良』，懂嗎？」

基澤：「……」

忠淑（看著大家）：「老實說，如果我有這些錢的話，我比她更善良！

忠淑大聲說完這句話後，又乾了一杯酒。

基澤：「沒錯，你媽說的對。有錢人本來就很單純，沒煩惱。有錢人家的小孩連衣服都沒有皺褶！」

忠淑：「錢就是熨斗，把一切都燙平了，所有皺褶都被燙得平平的。」

基婷愈聽愈覺得不耐煩，直接拿起酒瓶來喝。

基澤：「基宇，那個人叫尹司機，是吧？原本幫這個家開車的人。」
基宇：「對，尹司機。」
基澤：「他應該在別的地方找到工作了吧？」
基宇：「對啦，應該吧……他年輕，長得又帥。」
基澤：「對吧？應該找到更好的老闆了吧？」

基婷突然砰——地放下酒瓶，然後大聲咆哮。

基婷：「幹，真是的！」
基宇：「她又怎麼了？」
基婷：「我們的問題最大條，先顧好自己吧！爸爸，拜託擔心我們自己就好，關心我們關心我就好，可以嗎？」

就像是配合基婷咆哮般，突然間雷電交加，雨勢也變得更加猛烈。

基澤（看著窗外）：「哇！真會挑時間！哈哈哈！」
基宇：「基婷發飆，閃電發威~耶！」
基宇為了緩和氣氛，摸著基婷的頭髮，用誇張的語氣說。
基宇：「潔西卡，乾杯！」（碰杯）「不過基婷，我剛剛上樓，妳剛好在泡澡……該怎麼說呢……」
基婷：「什麼啦……」
基宇：「覺得很適合妳的感覺？妳跟這豪宅很搭，哪像我們！」
基婷（笑一下）：「放屁……」
基宇：「我說真的。爸，她剛剛躺在浴缸裡看電視……就像在這裡住了很久的感覺。」
基澤：「是哦……」
基澤的附和似乎鼓舞了基宇……基宇接著以浮誇的手勢指著客廳的空間說。

基宇：「那我問你，基婷，假如這個房子變成我們的，我們住在這裡的話，妳想住哪一間？南宮賢子老師的這棟傑作，妳最喜歡哪個地方？」
基婷：「幹，我不知道啦，你先讓我住，我再來考慮。」
基澤：「我們現在不就住在這裡了嗎？還像這樣在客廳大口喝酒！」
基宇：「沒錯，我們住在這裡……」
基澤：「現在這是我們的家。」（點頭）「很溫馨吧？」

滿臉通紅的忠淑，露出不屑的苦笑……

忠淑：「溫馨？你覺得溫馨是嗎？好啊，假如朴社長突然回來了。」（看著基婷）「他這個人呢，會立刻像蟑螂一樣躲起來吧？哈哈哈哈！」
基澤：「……」
忠淑（譏笑）：「孩子們，你們知道家裡，半夜只要開燈，蟑螂就會全部躲起來，聽懂我的意思吧？」

基澤充血的雙眼，靜靜地看著嘲笑自己的忠淑，那是從未有過的眼神。

基澤：「……」（呢喃）「他媽的，我真的聽不下去了……」

忠淑：「……」

基澤：「什麼？蟑螂？」

匡啷！基澤把桌上的酒瓶和食物全部掃掉了！基宇和基婷嚇了一跳，忠淑不為所動地瞪著基澤。空氣凝結的沉默，在一觸即發的緊張氣氛中，基澤也用可怕的眼神瞪著忠淑……

基澤：「……」（放鬆表情）「……呵呵……哈哈哈哈！」

忠淑：「……呵呵呵」（抖動肩膀）「哈哈哈哈哈……」

基澤：「哈哈哈哈！」（回頭看基宇、基婷）「騙到你們了吧？哈哈哈哈。」

忠淑捧腹大笑，基澤對入戲的自己感到很滿意，拍了一下基宇的肩膀說。

基澤：「金導演，怎麼樣？很逼真吧？爸爸演技進步不少吧？對吧？」

基宇：「天啊……起雞皮疙瘩了……」

基婷（笑一下）：「唉，真是的……」（指著掉在地上的酒瓶等）「那些爸爸自己收拾。」

忠淑：「哈哈哈，幹，我連一秒都沒有被騙！」

基宇：「媽，真的嗎？明明就很逼真……」

忠淑：「逼真不到哪裡去！你聽過什麼叫濫好人吧？你爸打從娘胎就是……」

突然聽到叮咚~的門鈴聲。一家人用「怎麼回事？」的慌張表情看著彼此。門鈴聲不斷地響著。

基宇：「這個時間怎麼會有人來？」

基澤：「是誰？」

忠淑趕緊走到大門對講機，從小小的螢幕中，看到在黑暗中穿著黑衣站在雨中的圓臉……原來是**雯光**。

忠淑：「咦？」

基宇：「她怎麼會來？」

忠淑：「幹，是之前那個阿姨沒錯吧？」

基婷（點頭）：「她來幹嘛？」

雯光不斷地按著門鈴，穿越雨聲在整條巷子迴響的鈴聲，讓人聽了很不自在。

基澤：「她怎麼回事？幹嘛不走？」

基婷：「吵死人了，不理她可能會按到……」

忠淑（打斷）：「等等……我可以回應她啊……」

基宇急忙想要阻止，忠淑卻按下了對話鍵。

忠淑：「請問哪位？」

（雯光）：「妳好，我是……太太現在不在吧？」

雯光似乎也喝了酒，說話有點大舌頭。

（雯光）：「我在這裡工作很久了。螢幕上面有三隻小狗的照片對吧？從左邊開始珠妮、貝里和噗噗。」

忠淑：「請問，這麼晚了有什麼事嗎？」

（雯光）：「妳是在我之後來的幫傭吧？」

忠淑：「……」

（雯光）：「總之……這麼晚了真的很抱歉。沒什麼事，只是……我突然被趕出來，忘了帶走放在地下室的東西。」

忠淑用「怎麼辦？」的表情回頭看，基宇的神情也很慌張。

基宇：「……這不在計畫中……」

#73 豪宅玄關，下雨的夜晚

忠淑微微打開玄關門，玄關感應燈的光線滲透出來映照著雯光的臉。不知是被打了一拳還是長針眼……浮腫的一隻眼讓整個臉看起來很詭異。

#74 豪宅客廳——廚房，晚上

雯光滴著水滴前往廚房。從玄關前往廚房的動線，從角度上來說看不到客廳內部。坐在客廳桌子附近的基澤、基宇和基婷，在關燈的黑暗中偷聽對話。

雯光：「真的很抱歉，謝謝，真的很謝謝妳。唉喔……」（看著流理台）「水龍頭轉那個方向會漏水呢……」

不知是喝醉了還是精神異常，雯光一直念念有詞地說著奇怪的話，眼神看起來非常不安。

忠淑：「先不提那個……妳到底忘了帶走什麼？」

雯光：「……要不要一起下去？」

雯光用手指著前往地下的陰暗樓梯，露出詭異的表情。忠淑有種驚悚的感覺……不自覺地猶豫起來。

忠淑：「不了，麻煩妳動作快一點。」

#75 豪宅廚房，晚上

不知道過了幾分鐘……流理台水龍頭快要滴下水滴的特寫。前往地下室的雯光沒有任何動靜。不知所措的忠淑，從餐桌椅上站起來。

#76 豪宅地下室，晚上

忠淑從狹窄的樓梯走下去，一臉緊張地看著裡面……從陰暗的地下室深處傳來嗯……的呻吟聲。忠淑突然毛骨悚然起來，她看到雯光詭異地在黑暗中「橫向地浮起」（？）。她的雙腳踏在牆上，雙手用力推著陳列櫃。陳列櫃裡滿滿的糖漬梅玻璃罐發出碰撞的聲響…這到底是什麼情況？忠淑實在無法理解。

雯光：「……姐！可以幫我一起推嗎？」

忠淑：「什麼？」

雯光（哭喪著臉）：「有人快死掉了！拜託！」

忠淑：「這是怎麼回事……」

雯光（大聲）：「先幫我一下好嗎？」

忠淑雖然搞不清楚狀況，卻半推半就地一起推陳列櫃。基宇、基婷、基澤也忍不住好奇從樓梯那邊偷看……

忠淑（看著腳下方）：「等等……是因為這個卡住了嗎？」

忠淑用力拔出卡在陳列櫃下方的一團鐵絲，這麼一來雯光一個人就可以把陳列櫃推開了。就像下方藏有輪子和軌道般，陳列櫃雖然很重卻很順地打開了。忠淑的雙眼瞪得很大……推開的陳列櫃後方出現一個黑色的鐵門！雯光打開鐵門跑進去，感覺荒唐的忠淑也跟著走下陰暗的樓梯。

#77 豪宅地下秘密空間，晚上

雯光（大哭大叫）：「老公！老公！」

透過雯光不斷揮動的手機手電筒光線，地下秘密空間顯得特別陰森。低矮的天花板和狹窄的通道，灰色的牆面……不知是否傳來惡臭，忠淑摀住嘴巴和鼻子。

雯光：「老公！」

雯光終於找到老公而跑過去。像屍體般瘦巴巴的勤世（男，45歲），手機的亮光映照著他蒼白的臉。忠淑訝異地看著這一切……勤世躺在折疊床上，像是剛睡醒。

勤世（眨著大眼睛）：「……幹嘛大吼大叫，老婆，我沒事……」

雯光：「哪裡沒事！」（哽咽）「幹嘛把燈關掉，搞得烏漆麻黑的！」

勤世：「要省電啊……這些都是朴社長的電……」（打開牆壁的開關）

雯光把奶瓶塞進勤世的嘴裡。奶瓶裝著像是米湯般的東西。

打開電燈後，勤世才發現忠淑的存在，嚇得想趕緊站起來……

雯光（按住勤世的身體）：「沒關係……」（指著忠淑）「她是好人，多虧她我才能進來……原來是鐵絲，櫃子底下卡了一團鐵絲！」

勤世：「難怪……呵呵，我怎麼用力都打不開……所以我沒能上去廚房……呵呵。」

雯光（激動）：「你到底餓了幾天？唉喔，老公！」

忠淑露出一臉無奈的表情。基宇、基婷、基澤感到很驚訝，躲在樓梯繼續偷聽。

忠淑：「喂，到底是怎麼回事？」

雯光：「我知道妳很驚嚇。不過我們都是同行，對吧，忠淑姐？」

忠淑（嚇一跳）：「妳怎麼知道我的名字？」

雯光：「其實我跟多頌還會互傳簡訊。我知道他們去露營才來的，我想和姐單獨聊聊。」

忠淑無奈到甚至說不出話來，不自覺地皺起眉頭……

雯光：「別擔心，忠淑姐，沒人知道我來。」（出示口袋裡的鉗子）「我把家裡的監視器都切斷了。姐，我幹得不錯吧？」

忠淑：「等等……妳應該比我大吧？」

雯光：「我是一九七四年屬虎的……我叫雯光。」

忠淑：「……」

雯光（指著下方）：「他是我老公吳勤世。」

米湯已經喝光了，勤世卻不斷地吸吮著奶瓶，用眼神跟忠淑打了個招呼……忠淑無奈地看著他們。雯光這次從口袋拿出香蕉，剝皮後放進勤世的嘴裡。

忠淑：「看看妳……所以妳在廚房工作時，每天偷拿東西？」

雯光：「才不是，他吃的全都是我用薪水買的！一直都是！」

忠淑：「最好是……不過妳老公住在這裡多久了？」

雯光：「我想想，應該四年了吧？」

忠淑：「真是瘋了……」

勤世：「是四年三個月又十七天……呵呵呵……」

雯光：「對，現在是六月……四年前南宮賢子老師搬去巴黎後，我把我老公帶進來住……在多頌他們家搬進來之前。」

忠淑用不可置信的表情看著地下空間……馬桶和洗臉台，小冰箱和舊款電視等，具備各種生活用品。雯光眨著浮腫的眼睛說。

雯光：「這個地下室本來是有錢人家，為了躲避北韓進攻的秘密避難處，或是討債人上門時躲藏的地方……不過南宮賢子老師似乎對這項設計感到羞恥，賣房子時並沒有告訴他們這個地下室的存在。」

忠淑：「嗯……」

雯光：「所以沒有人知道這裡……只有我知道……」

忠淑：「又不值得炫耀……」「總之，我已經知道了，那怎麼辦？」（拿出手機）「我只能打電話報警！」

雯光突然下跪，做出求饒的姿勢。

雯光：「姐，拜託！」(快哭出來)「都是有困難的人，不要這樣，姐……」

忠淑：「幹，我們又不熟，別叫我姐……還有我沒有困難！」

雯光：「可是我們有困難啊！我們沒家、沒錢，欠了一堆債！」

忠淑：「關我什麼事……」

雯光：「像這樣躲了四年，討債的還不放棄，還在到處找他，威脅說要砍死他！」

忠淑：「你借高利貸嗎？」

雯光(點頭)：「……」

勤世：「都是我的錯。我……呵呵呵……我開了台灣古早味雞蛋糕店，結果卻倒閉了……呵呵呵！」

勤世像習慣般一直呵呵笑，基澤在樓梯偷聽到「古早味雞蛋糕」時露出微妙的表情。

雯光（拿出信封）：「姐，請收下這個。」

忠淑：「這是什麼？」

雯光：「這沒多少，只是鼻屎般的小錢……不過我每個月會拿給你。但請姐每兩天拿食物給他好嗎？不，一週一次就好！這裡還有小小的冰箱……」

忠淑：「妳瘋了嗎？你們真的太誇張了，竟敢……」（拿起手機）「我要報警。」

在樓梯偷聽其他的家人可能心想著「警察來了我們也很困擾」，都露出慌張的表情……

突然間，在最後面用僵硬的姿勢偷聽的基澤，腳一滑從樓梯摔了下來！摔下來的時候接連撞到基婷和基宇，隨著基婷的尖叫聲，三個人一起滾下樓梯。從忠淑慌張的視線看過去……看到一起滾下來的基宇、基婷和基澤。從搞不清楚狀況的雯光視線來看……是凱文、潔西卡和金司機！

雯光：「怎麼回事？」

勤世：「呵呵……老婆，他們是誰？」

雯光：「潔西卡？金司機？……這是怎麼回事？」

不知怎麼回事的雯光，腦袋裡似乎靈光一閃立刻拿出手機。扭動著身體慌忙站起來的基澤，不小心踩到基宇的腳踝。

基宇：「啊！爸爸，我的腳！」

爸爸……基宇瞬間大喊出來，忠淑和基婷聽到大吃一驚，接著基宇才發現自己失言。基宇抬起頭來……看到雯光的手機已經拍下一切。

雯光：「啊……原來如此……」（點頭）「難怪……」

雯光想確認拍攝內容而按下播放鍵，重播剛剛拍的影片。「啊！爸爸，我的腳！」畫面和聲音非常清晰地拍了下來。基宇露出快崩潰的眼神。雯光似乎現在才理解所有的狀況……

雯光：「所以……你們全家都是詐騙集團嗎？」

基宇：「那個……阿姨……」

雯光：「我就覺得奇怪，尹司機怎麼突然被解雇……你們真是的……」

忠淑：「那個，妹妹啊……」

雯光：「妹你個頭，給我閉嘴，賤貨……」（把手機推向前）「我要把影片傳給太太，怎麼樣啊？」

手機已經準備好要傳送的狀態，基宇全家人都冒了一身冷汗。

基澤：「地下室……應該沒訊號吧？」

基婷（確認自己的手機）：「這裡訊號好得很。」

基澤：「幹……」

基宇：「阿姨……其實我們真的好不容易才找到這個工作，站在我們的立場來說真的……」

雯光（打斷）：「閉嘴，我不想聽，我豁出去了。大家一起去警局坐牢好了，我和你們拚個你死我活！」

基澤（大吼）：「阿姨！」

基澤就像河東獅吼般大喊了一聲，基宇似乎耳膜快破掉般摀住耳朵。

基澤：「妳瘋了嗎？」

雯光：「……？」

基澤：「朴社長夫婦看到這個影片會有多震驚！」（生氣）「他們那麼善良無辜，不能這樣對他們！」

雯光：「什麼……」

基澤：「首先刪掉！先把影片刪掉！」（沉思）「我會……安排對談……好嗎？願意和妳對話和協商，知道嗎？

基澤似乎再次嘗試逼真的演戲，但因為講話沒什麼內容，大家都露出荒唐的表情。

雯光（看著忠淑）：「……妳老公怎麼回事？」

忠淑（嘆氣）：「我替他道歉……不如我們別這樣……」

在雯光身邊觀察事情發展的勤世，突然不知是貧血還是暈眩，身體搖晃了一下差點倒下去。雯光立刻扶起他，威脅似地伸出手機畫面……

雯光：「往後退！不然我就按下傳送！」

基澤一家人嚇得瑟縮著身體，一點一點往後退。

雯光（扶著勤世）：「老公，上去吧。你好久沒呼吸新鮮空氣了。」

勤世：「嗯……呵呵呵。」

雯光：「靠緊一點！只要有人離開我的視線，我就立刻傳送！」

#78 豪宅客廳，晚上

窗外下著傾盆大雨⋯勤世放鬆地趴在大沙發上，雯光跨在勤世的背上一邊替他按摩，一邊看著在客廳角落舉手罰跪的基澤一家人。

勤世：「老婆⋯⋯」（看著眼前的手機）「這簡直就是飛彈按鈕。」

雯光：「老公，你在說什麼呀？」

勤世：「他們怕妳按下去，根本不敢動。呵呵呵呵⋯⋯簡直就像北韓的飛彈按鈕！呵呵。」

聽到勤世提到「北韓」什麼的，雯光立刻把腰背挺起來，改變聲調地說。

雯光：「敬愛的最高領導人金正恩同志，今日目睹了詐騙集團一家人的影片，看著他們邪惡卑鄙的挑釁之舉，忍不住驚愕和憤怒之情！」

雯光突然模仿起北韓朝鮮中央電視台的女主播，勤世像個小孩般開心得不得了。

勤世：「呵呵呵，老婆，好久沒聽到這個了！哈哈哈哈。」

雯光：「因此我們偉大的領袖，有別於聯合國安理會小家子氣的協議，決定將這狂暴的一家人處以槍決，最終下達了這樣的指示。」

勤世：「妳的北韓笑話果然無人能及！老婆我愛妳！呵呵呵呵……」

基澤和家人看著這個荒唐的景象，無奈地差點要發出冷笑聲……

雯光（怒吼）：「看什麼？把頭低下！」

一家人趕緊低下頭來，雯光拿起手機又開始拍影片。她先拍罰跪的基澤一家人，接著把散落在客廳的酒瓶和下酒菜也拍了下來。

雯光：「嘖嘖……真該死……你們在這裡只會喝酒鬧事嗎？在蘊含南宮老師藝術靈魂的客廳裡。」

勤世（看著庭院）：「在陽光灑落的日子，坐在客廳的沙發上看著庭院，真的是至高的享受吧，老婆？」

雯光：「沒錯！早上朴社長去上班，多蕙、多頌去上學，夫人去百貨公司，家裡變得安靜後……你上來客廳，兩個人一起喝杯茶……」

勤世：「沒錯，皇家奶茶。」

雯光：「然後看著庭院，從藍芽喇叭流洩出拉赫曼尼諾夫……」

突然間……忠淑朝著沙發衝過去！就像美式足球選手般，用厚實的身體和肩膀撞向沙發，雯光因晃動失去了平衡，不小心把手上的手機掉在地上！基澤朝著手機撲過去，不想被搶走手機的雯光也立刻衝過去，基宇跳過去擋雯光，勤世想要阻止基宇，基婷跑去阻止勤世……瞬時間六個人糾纏在一起鬧得不可開交……在儲存影片的手機上方，十二雙手、六十隻手指頭不斷地糾結在一起……

#79 豪宅庭院，晚上

從外部拍向屋內的攝影機，只聽到嘩啦嘩啦的雨聲。從不斷流下來的雨滴和玻璃窗，看到在別人的客廳中央打來打去的六名外人。從某個角度來看真的很可笑……

基婷從一團混戰中抽身，飛快地跑到廚房。

#80　豪宅廚房，晚上

基婷打開冰箱門，從冰箱角落拿出黑色塑膠袋再次跑回客廳。

#81　豪宅客廳，晚上

雯光搶到了手機，忠淑在身後勒著雯光的脖子，基宇為了從雯光手中搶走手機死命地拉扯著，勤世和基澤扭打成一團……就在大家展開生死鬥的時候……

基婷飛快地跑來，把黑色塑膠袋整個翻過來，將十幾顆水蜜桃倒在雯光的臉上！

雯光啊——地尖叫著，基婷拿起一顆水蜜桃在雯光臉上搓揉。

雯光：「啊啊啊啊啊——」

雯光吐出舌頭拼命地咳嗽，雙手握住紅腫的脖子在地上打滾。基宇撿起雯光的手機，基澤也順利壓制了勤世，似乎已經掌控這個局面時……

叮鈴鈴——家裡的電話大聲地響了起來。忠淑拿起自己的手機，看到「夫人」——即蓮喬的幾通未接來電。家裡的電話不斷地響著，待摀住雯光、勤世的嘴後，忠淑拿起電話話筒。

忠淑：「喂？」

（蓮喬）：「阿姨，請問妳會煮炸醬烏龍麵嗎？」

忠淑：「炸醬烏龍麵？」

#82 行駛的賓士車內，晚上

蓮喬：「那是多頌最愛吃的……啊，現在開始煮水，時間應該剛好。冰箱有沙朗，也煮一下。」

在暴雨中行駛的賓士車內，多頌搶走多蕙的藍芽耳罩式耳機戴在頭上，嘟著嘴一臉不高興地閉著眼睛坐在後座。蓮喬坐在前座，轉頭偷看多頌的臉色……

蓮喬（低聲）：「唉，簡直一團亂。溪水暴漲淹到露營區，大家都忙著收帳篷，多頌卻吵著不想回家。」（嘆氣）「總之，現在好不容易連哄帶騙地帶他回去，回家立刻端出炸醬烏龍麵好嗎？」

#83 豪宅客廳，晚上

忠淑（蒼白）：「那麼……你們快到了嗎？」

（蓮喬）：「導航說八分鐘後抵達。」

忠淑：「啊……八分鐘後抵達……」

在一旁聽著通話內容的基澤、基宇、基婷…全都臉色發青。

（蓮喬）：「掛電話後立刻煮水，加油～」

嗶地一聲掛斷了電話。一家人腦袋一片空白……彼此對望著。忠淑看著在客廳地板打滾的酒瓶、杯盤和水蜜桃，閉上雙眼深呼吸了一下。

忠淑（低聲）：「……炸醬烏龍麵是什麼？」

基婷：「……上網查得到料理方式。」

不知該怎麼做才好的基宇呆呆地發楞，依然急促地喘氣……

基婷（朝著基宇）：「怎麼辦？」

基宇：「……不知道……這不在計畫中……」

雙眼充血的基澤，突然粗魯地反折勤世的手臂！

勤世：「啊！」

基澤：「來！動作快！」

隨著基澤的大吼，一家人開始忙碌地動起來！基婷開始快速地收拾酒瓶。基澤把勤世拖到地下室入口處，基宇也粗魯地扶起雯光。就像剛比賽結束的拳擊手般，雯光的雙眼整個腫起來，被拖走的時候因呼吸困難不斷咳嗽。

忠淑在一片混亂中，一個人專注地煮炸醬烏龍麵。她一邊從手機查料理方法，一邊在瓦斯放上盛水的鍋子，各拿出炸醬泡麵和烏龍泡麵拆開外袋。

#84 豪宅地下室——地下秘密空間，晚上

基澤用力推著勤世走到地下秘密空間的樓梯。即使狀況這麼危急，勤世依然呵呵地笑著，回頭看著說。

勤世：「別這樣……我們好好談好嗎，呵呵呵……」

基澤把喃喃自語的勤世推倒在地上，從一堆雜物中找到一捆電線，把勤世綁起來。慌忙把雯光帶下來的基宇，也為了找綑綁的物品左右張望著，雯光卻因呼吸困難幾近昏厥。

基澤：「這裡沒事了，快上去幫基婷！」

基宇：「是……」

不知從何時開始，基宇的眼神呈現發愣的狀態，他照著爸爸的吩咐慌忙地跑上去。

#85 豪宅廚房——客廳，晚上

忠淑在廚房的流理台上，分別排列著炸醬泡麵和烏龍泡麵的調味包，她也煎好了沙朗。基宇從忠淑的背後跑過去，來到客廳看到基婷把地板上的食物和碗盤等全都推到家具下方。基宇發愣地看著基婷做出如此大膽的動作。瞬間在雨聲中聽到賓士抵達的聲音。基宇慌張的眼神看到多蕙的黃色日記本還放在桌上。他拿起日記拚命往二樓狂奔，忠淑聽著基宇砰砰的腳步聲攪拌麵條。最後從地下車庫傳來上樓的聲音！基婷瞬間停止動作，拿起水蜜桃迅速地滑進大桌子下方。從樓梯走上來的多頌，嘟著嘴走過客廳。躲在寬大低矮桌子下方的基婷，在陰暗中默默注視著。蓮喬跟在多頌的後方，指著廚房說。

蓮喬：「多頌！阿姨做好了炸醬烏龍麵呢！我們吃炸醬烏龍麵好嗎？」

炸醬烏龍麵熱騰騰地冒著煙，多頌卻看都不看一眼就立刻上樓。一臉不高興的多蕙，從多頌的頭上粗魯地拿回自己的耳罩式耳機，發出砰砰聲搶先上樓。

#86 豪宅多蕙的房間，晚上

基宇把裝滿日記的木盒上鎖後，慌忙地爬到床底下。

多蕙回到房間直接倒在床上……床墊在基宇的眼前劇烈地搖晃著。多蕙將音樂音量調到很大，聲音傳到耳罩外。

#87 豪宅地下秘密空間，晚上

基澤用電線把勤世綁緊後，立刻移到雯光旁邊。雙眼浮腫，因呼吸困難發出呻吟聲的雯光……等基澤靠過來綁她的瞬間，突然站起來推開基澤跑上樓！基澤嚇得連忙追過去，慌忙地跑上樓梯。

#88 豪宅廚房——樓梯，晚上

用炸醬烏龍麵沒能成功討好多頌的蓮喬，從二樓回到廚房，這時雯光剛好從樓梯朝著廚房衝過來！忠淑手上拿著炸醬烏龍麵的鍋子，轉身到地下室樓梯口，朝著雯光的臉一腳踢下去！滾到樓梯下方的雯光，在滾的途中「砰！」地撞到頭，造成強烈的腦震盪！追過來的基澤看到嚇了一大跳。蓮喬一臉疲憊地回到廚房坐在餐桌上，只差一步沒看到忠淑把雯光踢下去。

蓮喬：「唉，氣死我了……炸醬烏龍麵給妳吃好了！」

忠淑：「啊……是。」

蓮喬：「啊！不，叫多頌爸爸吃好了！裡面還放了牛肉……」

蓮喬一會這樣一會那樣，忠淑卻沒心思不耐煩，她用擔憂的眼神看著地下室的樓梯。

樓梯下方，雯光頭靠著牆壁失去了意識，基澤把雯光拖到裡面。

#89 豪宅地下室——地下秘密空間入口，晚上

基澤把如屍體般全身無力的雯光，拖到秘密空間入口的樓梯。他從裡面拉起陳列櫃把門關上。基澤看到雯光失去意識突然心生恐懼，拍了拍雯光的臉頰。嗯……

雯光發出小小的呻吟聲，基澤放了一顆心，慌忙地用電線把雯光綁起來……

從下方秘密空間傳來奇怪的聲音，基澤下樓去一探究竟，看到勤世全身被綁得死

死的，卻用額頭代替手按著牆壁上依序排列的電燈開關……真是奇特的光景。

基澤（荒唐）：「你在幹嘛……」

勤世：「朴社長回來了，我當然要打招呼！」

勤世上方垂直往上的高挑空間，似乎是連接車庫和客廳的樓梯下方……傳來朴社長走樓梯的沉重腳步聲。勤世用額頭按下按鈕，各個按鈕延伸的電線一直連結到樓梯上方。

勤世（對著基澤）：「幹嘛一直看！呵呵，我每天都會這麼做……」

#90 豪宅客廳——玄關，晚上

東翊疲憊地從和車庫相連的樓梯走到客廳……頭上的電燈一、二、三連續地亮起來。從電影一開始就時常閃爍的客廳／玄關的感應燈……原來不是自動感應，而是在地下室的勤世操作開關的歡迎儀式（？）。

蓮喬：「老公，吃點炸醬烏龍麵，裡面還有放肉。」

東翊（搖搖頭）：「抱歉，我想上樓沖個澡。」

#91 豪宅地下秘密空間，晚上

就像是表演給基澤看，勤世不斷地按著開關，俗氣地哼著〈從越南回來的……〉歌。

勤世：「朴社長現在才下班，從公司回來～賺錢回來的朴社長，我愛你～」

#92 豪宅廚房，晚上

蓮喬（看著閃爍的電燈）：「那個感應燈總是亂閃。」

拿著筷子大口吃炸醬烏龍麵和牛肉的蓮喬，偷偷看了忠淑的臉色。

蓮喬：「那個，以後可能也會了解……妳也覺得奇怪吧？」（吃麵）「我們為什麼對那孩子沒轍……他又不是皇太子。」

忠淑：「也不是……」

蓮喬：「請妳體諒，多頌有點問題。總之，他生病了。他正在接受創傷和藝術治療……因為發生了一件事。」

忠淑：「什麼事？」

蓮喬：「請問大姊也相信鬼嗎？」

忠淑：「鬼嗎？」

蓮喬：「多頌一年級時，在家裡看到鬼。」

蓮喬吃著炸醬烏龍麵，若無其事地說出這句話。瞬間廚房似乎被一團冷空氣包圍。

忠淑露出有點驚訝的表情……基婷在遠處客廳的桌子下方豎起耳朵偷聽。

蓮喬：「當時家裡開慶生派對，半夜大家都睡著了。多頌偷偷下來廚房開冰箱，把剩下的生日蛋糕拿出來。那個蛋糕的鮮奶油真的很好吃…他可能躺在床上念念不忘吧。」

忠淑：「是……」

蓮喬：「然後他坐在地上吃蛋糕，用手沾著鮮奶油吃的時候……」

忠淑：「……」

蓮喬：「從客廳那邊……玻璃窗上……站著黑影……」

忠淑（驚悚）：「在外面的庭院嗎？」

蓮喬：「不是，在這裡的廚房。」（指著客廳的落地窗）「妳看，那裡會被反射。」

忠淑：「天啊……」

蓮喬：「他說黑色的鬼在背後像這樣往下看著他。」

攝影機快速平移到玻璃窗的方向……玻璃反映出那天晚上的冰箱。多頌抱著蛋糕坐著，還有往下盯著瞧的黑影，或是鬼。

蓮喬：「突然一聲尖叫，我趕緊跑下來……」（哽咽）「結果他已經翻白眼，全身抽搐，口吐白沫……」

忠淑：「天啊……」

蓮喬：「你的孩子小時候曾經抽搐過嗎？如果十五分鐘內沒處理就完蛋了，十五分鐘內一定要送到急診室。」

蓮喬不想再次想起般地搖搖頭，立刻恢復鎮定。

蓮喬：「總之，那時老公出差不在，我一個人真的很辛苦…從那之後多頌的生日，我們都會出門去慶祝。去年在娘家，今年去露營……」（攪拌著炸醬烏龍麵）「不過怎麼會變成這樣……」

忠淑：「是。」

忠淑心裡大概知道那個鬼是誰……但在蓮喬面前卻不動聲色。

蓮喬：「不過孩子他爸覺得沒關係……認為孩子都是這樣長大的。還說住鬼屋會賺大錢。真是的……」（吃麵）「不過，這幾年事業確實很順利。這說來也很神奇……」

蓮喬說著無聊的話時，攝影機慢慢朝著掛在廚房牆壁上的多頌的畫前進。畫的角落「思維失調症區」上畫著黑色的陰影……和那個黑色的「鬼」長得很像。

#93 豪宅地下秘密空間，晚上

基澤望著勤世黝黑的臉，貼滿牆壁的紙條和圖畫，還有採訪南宮賢子和東翊的雜誌照片等……觀察他在地下的獨特生活方式後，感到一片茫然。

基澤：「你在這種地方也活得下去？」

勤世：「韓國那麼多人住在地下，把半地下室也算進來，就更多了，呵呵。」

基澤：「未來有什麼打算？你沒計畫吧？」

勤世：「我在這裡過得很舒服。」（朦朧的眼神）「總覺得……我從小就住在這裡……戶籍好像也在這裡……呵呵！」

勤世用幽靈般恍惚的眼神亂說一通……基澤感到毛骨悚然而冒了冷汗。

勤世：「所以請讓我繼續住在這裡。」

基澤從一堆雜物中找到一個銀色膠帶，找到膠帶頭撕開膠帶。

勤世：「和我老婆好好談談，呵呵，不要吵架了。」（左右張望）「老婆，妳在哪裡？剛剛可能真的氣壞了才會那樣，但她本性是非常善良的女人，是真的，所以才會四年來照料我這個見不得光的……」

基澤用膠帶緊緊黏住喃喃自語的勤世，走到樓梯的方向也用膠帶黏住雯光的嘴……

從嚴重碰撞的後腦勺滲出血來。基澤看著染血的手指，頓時臉色發白，表情也僵住了，一臉驚恐地跑到廚房的地下室。

#94 豪宅地下室，晚上

基澤從外面關上鐵門，再用鐵絲層層纏繞手把。他推動著羅列糖漬梅的陳列櫃，把秘密的地下世界完全封印起來。氣喘吁吁的基澤，看著從廚房透下來的亮光。

#95 豪宅多蕙的房間——走道——樓梯，晚上

在床底下絲毫不敢動的基宇，和探頭看著床底的珠妮四眼對望。多蕙看了看床下，看到把頭塞進床底搖著尾巴的珠妮，感到很奇怪。多蕙為了確認怎麼回事，正要彎腰往下探的時候……聽到媽媽上樓的腳步聲而立刻站起來。多蕙抱著珠妮來到走道。

多蕙：「媽……妳很過分耶！」

蓮喬：「什麼事？」

多蕙：「怎麼連問都不問我一聲？我也喜歡吃炸醬烏龍麵……」

蓮喬（擦著嘴）：「那是因為……」

多蕙：「多頌不吃，媽就問阿姨，然後問爸爸，最後自己全部吃掉。只有我，連問都沒有問一聲！」

母女你一言我一句地邊吵邊離開時……透過門縫看到基宇從床底下爬出來的樣子。

基宇觀察門外的動靜，躡手躡腳地離開房間走下樓梯。

忠淑在樓梯下方的廚房口，招手要基宇下來，也對著廚房裡面招手。基澤屏住呼息從地下室的樓梯走上來，和從二樓下來的基宇碰頭，一起走到客廳。

#96 豪宅客廳——庭院，晚上

一家人躡手躡腳地朝著地下車庫的樓梯移動……他們先走到客廳中間，扶起從桌子下面爬出來的基婷。

瞬間，聽到某人從二樓走道衝過來的腳步聲！發出砰砰的聲音正在下樓！嚇一跳的基婷立刻再次躲回桌子下面。慌張的基宇和基澤也跟著躲到桌子下……

忠淑驚訝地看著樓梯的方向…看到穿著雨衣背著背包的多頌，肩膀扛著房間的印地安帳篷，從樓梯上衝下來！

忠淑：「唉喔，多頌！」

多頌把所有露營工具帶在身上橫跨客廳，毫不遲疑地打開玻璃門跑到庭院。他在下著傾盆大雨的庭院中央，開始搭起印地安帳篷。果然是童軍，動作井然有序也很迅速。蓮喬和東翊急忙從二樓下來，慌張地大喊。

蓮喬：「多頌！你瘋了嗎？！」

東翊：「喂！朴多頌……」（苦笑）「這個臭小子……」

蓮喬和東翊穿著睡衣，所以無法直接走出去。忠淑急忙拿兩把傘過來，那時才跑到庭院。多頌已經快速地搭好了帳篷，正在布置帳篷內部。

躲在桌子下方的基澤、基宇、基婷……趁著蓮喬和東翊走到庭院的空檔，想要離開客廳，卻因為多蕙從二樓下來，只能又回到桌子下面。

多蕙（呢喃）：「What the fuck is going on here.....（到底搞什麼東西……）」

多蕙無奈地看著在雨中和多頌爭執的爸媽，然後用手機拍下影片傳送給凱文老師——即基宇。就在幾公尺遠的桌子下方，手機嗡—地響起震動聲。

基宇嚇了一跳，立刻將口袋裡的手機震動關掉。為了掩蓋震動音，忠淑故意咳嗽，偷瞄了多蕙一眼。多蕙似乎聽到了震動音般，轉頭看了一下四周。

在桌子下方，基宇冒著冷汗更改手機設定。基澤和基婷也為了把手機轉成靜音，翻找著手機。基宇的手機畫面，看到多蕙傳送的訊息。

「超討人厭，多頌在雨天發神經影片」「天啊，他怎麼了?」「我早知道會這樣，他從離開露營場就發神經」「ㄏㄏ多頌」「凱文哥，我很想你」「我也是」「凱文哥，給我一張現在的照片」「不行」「為什麼~」「我們現在在一起」「只有心在一起又沒用」「身體也要在一起」

多蕙傳著肉麻的簡訊，一屁股坐在沙發上……桌子下方的三個人，頭皮發麻地看著多蕙的腳趾頭在眼前動來動去。蓮喬和東翊放棄似地回到客廳，忠淑收下雨傘遞上毛巾，不安地偷看桌子下方。

蓮喬：「阿姨回房睡吧，這裡交給我們。」

東翊：「多蕙妳也上去睡覺，別滑手機了。」

多蕙沒有做出任何回應，一邊看手機一邊上樓。忠淑走去廚房，不安地回頭。蓮喬和東翊一屁股坐在沙發上，一家人就躲在前面的桌子下方。

東翊（按著對講機）：「這裡是客廳，爸爸永遠在這裡的客廳待命，完畢。如果有發生緊急狀況立刻回報，完畢。」

（多頌）：「知道了，完畢。」

東翊聽到對講機傳出多頌興奮的聲音，疲憊似地苦笑了一下。

東翊：「真受不了他……帳篷應該不會漏水吧？」

蓮喬（嘆氣）：「那是美國製的，應該沒問題。」

東翊：「妳兒子還真令人難以捉摸，真搞不懂他。」

蓮喬（看著東翊的臉色）：「不過他最近真的好多了……你看，幸好我送他去參加童軍，一個人也能那麼快搭起帳篷……」

帳篷內手提燈一個一個亮起來，在傾盆大雨中，印地安帳棚以樹為背景，在黑暗中散發著朦朧的黃光……其實還別有一番情調。

東翊關上客廳所有的燈，把幾個抱枕放在蓮喬旁邊。

東翊：「我們乾脆睡沙發吧，從這裡看得到帳篷。」

蓮喬：「也是，這樣比較放心。我們看著多頌睡覺好了。」

躲在桌子下方的基澤、基宇、基婷，一致露出完蛋了的表情……蓮喬和東翊朝著窗外的方向躺下來，可能是穿著睡衣又從背後環抱，有種浪漫的氣氛。可是……

東翊：「等等……」（聞味道）「這裡怎麼會有那個味道？」

蓮喬：「什麼味道？」

東翊：「金司機的味道。」

蓮喬：「金司機？真的嗎？」（聞味道）「我沒感覺。」

東翊和蓮喬不斷地聞著味道。躲在桌子下方的基澤，緊張地聞著自己的T恤。

東翊：「妳不知道他身上有什麼味道，因為我每天坐在後座聞得到。」

蓮喬：「很難聞的味道嗎？」

東翊：「不算很臭，只是在車內隱隱散發的味道…該怎麼說呢？」

蓮喬：「老人味嗎？」

東翊：「不是……該怎麼說呢……蘿蔔乾放久的味道？不是，把抹布煮沸消毒時的味道？」

基澤就在前面的桌子下聽著這些對話，努力不做出任何表情。

東翊：「總之他呢，開車技術不錯……整體來說，每次他都幾乎要越線了，但最後都不會越線，還不錯。不過味道卻越線了！」（笑一下）「味道會不斷飄到後座……」

蓮喬：「就像上次多頌說的味道嗎？」

東翊：「總之很難形容……偶爾搭地鐵時會聞到，跟那個差不多。」

蓮喬：「我不知道，太久沒搭地鐵了。」

東翊：「搭地鐵的人有種特別的味道……」

桌子下方的人無奈地繼續聽著，臉部僵硬的基澤，在黑暗中維持沉默。沙發上的東翊悄悄地移動了手，隔著睡衣撫摸蓮喬的胸部。

蓮喬（輕聲地）：「什麼嘛，在這裡……？」

東翊：「這裡像不像車子後座？」

用少年般（？）的聲音說話的東翊，把手伸進蓮喬的睡衣裡愛撫胸部。蓮喬看了一下廚房和二樓的方向，接著閉上眼睛嘴巴微微張開。

蓮喬（嘆息般）：「順時針方向……」

依照蓮喬的指示，東翊改變手指的動作，接著東翊的手朝著蓮喬的肚臍下方遊走。兩人更加緊密地糾纏，呼吸變得急促起來。

東翊：「……」（耳語）「妳有廉價的內褲嗎？」

蓮喬：「……廉價的內褲？幹嘛？」

東翊：「就像上次尹司機女朋友掉在車上的那條……很廉價的那種……」

東翊的手伸進蓮喬的內褲裡，就像震動按摩器般手開始「震動」起來。蓮喬開始喘起來，嘴巴自動打開……

蓮喬（氣喘吁吁）：「我沒有……那種俗氣的內褲……」
東翊：「我可能是變態……看到那種廉價內褲……變得更興奮。」
蓮喬：「啊……要去哪裡買那種誇張的內褲呢……啊……」（呼吸急促）
「下面一點！」

基婷努力忽視難為情的對話，基澤比基婷本人露出更不舒服的表情。蓮喬快要達到高潮……咬著嘴唇壓抑著呻吟聲，桌子下方卻聽得一清二楚。
基澤僵硬的臉看起來一臉疲憊，感覺時間過得特別慢。

#97 豪宅客廳，晚上，過了一些時間

似乎過了一段時間……忠淑在陰暗的廚房偷窺客廳，悄悄地傳簡訊。

「夫妻睡死了」「一個一個離開」，基澤看到簡訊後，讓基婷先離開。基婷滑出去後慢慢爬到地下車庫的樓梯，基宇跟隨在後頭。

基婷和基宇順利爬到樓梯口，提心吊膽地看著跟在後頭爬過來的基澤……突然間，手電筒的亮光從庭院的方向照射過來，照著沙發上的東翊和蓮喬！差一點也照到趴在地上的基澤……受到驚嚇的基澤把身體壓得更低了。

#98 豪宅庭院，帳篷，晚上

在傾盆大雨中，多頌從帳篷中探出頭來。他用露營用強光手電筒照著客廳的爸媽。多頌似乎不滿意自己還待在傾盆大雨中，爸媽卻睡著了……一直不斷地揮動著手電筒想要叫醒他們。

#99 豪宅客廳，晚上

看著亂晃的手電筒燈光，基澤更加瑟縮著身體，一點一點朝著樓梯的方向爬過去。

瞬間聽到放在桌子上的 T-667 對講機傳來多頌的聲音。

（多頌）：「緊急狀況，完畢！」

突然聽到對講機響起，基澤整個人一動也不敢動，維持趴著的姿勢把眼睛閉起來。

東翊睡眼惺忪地起來，拿起對講機看著窗外的帳篷……帳篷內手電筒的燈光閃爍著。

東翊：「怎麼了？完畢。」

蓮喬：「多頌，怎麼了嗎？」

蓮喬和東翊專心地看著多頌的帳篷，以至於沒看到在黑暗中趴在地上的基澤。

（多頌）：「我睡不著，完畢。」

東翊和蓮喬無奈地笑了出來，再次把對講機拿起來說。

東翊：「那你就別鬧了，快點進來，回來舒服的床上睡覺，完畢。」

（多頌）：「我不想！」

多頌嗶——地關掉了對講機。東翊和蓮喬笑著嘆了一口氣，再次躺下來睡覺。客廳再度在黑暗中變得寧靜……基澤繼續往前爬行。

#100 豪宅地下車庫，晚上

基澤打開開關後立刻關閉，車庫門在離地四十公分處停住了。不知道車庫門打開的聲音是否傳到家裡……

基婷和基宇屏住呼吸，趴下去走到傾盆大雨中。基澤按下"Down"的按鈕後，慌忙地從車庫門下方離開。

#101 大門前坡路，晚上

畫面上看到監視器線被剪斷了。移動焦點……是沒有人的豪宅區坡路。基澤、基婷、基宇終於順利逃脫了，穿越大雨走在下坡的彎道上。

#102 某處的路，晚上

茫然的三個人走在暴雨中。不知不覺已離開有錢人的住宅區，沿著冷清的四線道馬路走著，他們沒有進去便利商店買雨傘，或者搭計程車。

三個人淋著雨不斷地走著，每個人的臉上都露出心煩意亂的表情。

#103 在雨中，坡路上，晚上

像是貧民區的關口般，看得到密集住宅區燈光閃爍的坡路。三個人影站在某個橋下的人行道喘氣。

基婷：「……結果後來怎麼樣了？」

基澤：「什麼？」
基婷：「那個……地下室的……」
基澤：「我把他們綁起來了。」
基婷：「那怎麼辦？」
基澤：「……」
基婷：「……那現在怎麼辦？接下來的計畫是什麼？」

基澤在大雨中保持沉默……基宇用發楞的眼神喃喃自語。

基宇：「換作是敏赫……敏赫會怎麼做呢？」（呢喃）
基婷：「敏赫哥才不會落到這種下場！」

基婷快要爆發的瞬間，基澤冷靜地往前靠過來。

基澤：「來，孩子們……」

基婷：「……」
基澤：「我們都平安離開了對吧？」
基宇：「對。」
基澤：「還有……除了我們沒人知道發生什麼事吧？」
基婷（點頭）
基澤：「所以……什麼事都沒發生，知道嗎？」

基澤突然用「爸爸」的眼神和聲音說話…讓基婷難得地閉上嘴傾聽。

基澤：「爸爸自有打算，所以你們就別想了，好嗎？」
基婷：「好。」
基宇：「……」（點頭）
基澤：「我們回家吧……回家去洗澡吧。」

基澤再次走入雨中，基宇和基婷也跟隨其後。不安的旋律和雨聲交織在一起。

#104 巷子，貧民區，晚上

三個人走在老舊的密集式住宅區裡。大雨一直下個不停，從遠處傳來人的呼喊聲及救護車聲。總覺得有點不對勁。走過轉角的瞬間，眼前看到的景象是……前往家的路全都淹水了！因下水道倒灌，住在半地下室的居民急忙把淹到家裡的水舀出去……基澤驚訝地看著這個景象，急忙朝著家裡走過去，基宇和基婷也一臉慌張地踩著水過去。

#105 半地下室玄關——客廳，晚上

基澤好不容易打開大門走進家裡。黃褐色的泥水從窗戶如瀑布般灌進來，家裡已經淹到胸口的高度。基澤似乎踩到某個東西……拿起來一看，原來從泥水撈起來的是橘黃色的雪蟹。基澤無奈地看著揮舞著長腳的雪蟹，把雪蟹丟回水中，露出若有所失的表情。

基宇穿過泥水前往窗旁，想要關窗的瞬間似乎被電到了。

基宇（立刻把手拿開）：「啊！」

基澤：「你是不是觸電了？不要碰！不要碰窗戶！先去收拾重要的東西！」

#106 半地下室廁所，晚上

基婷吃力地開了廁所門，朝著祭壇上不斷湧出糞尿汙水的馬桶前進。好不容易伸手把馬桶蓋關掉後，基婷坐在馬桶上。她打開廁所天花板的小四方板，拿出偷藏的菸和打火機。菸盒的塑膠包裝裡夾著幾萬塊韓幣。基婷點了一根菸，汙水如泵浦般推著馬桶蓋，讓基婷的身體隨著上下晃動。

#107 半地下室房間——客廳，晚上

基宇忙著往灰色背包裡塞重要的物品，感覺腳底下碰到某個東西，於是探頭到泥水中。基宇像是潛水般，彎下腰在水中摸索著，再次探起頭時……敏赫送給他的「山水盆景」也從泥水一起浮現。就像是找回失去的寶物般，基宇緊握著石頭喘

氣。隨著不安的旋律和音樂，泥水裡的山水盆景也微微晃動著。

#108 豪宅地下秘密空間，晚上

勤世的雙手被反綁著，焦急地想要撕開雯光嘴上的膠帶。雯光全身冒著冷汗，精神也很恍惚，當嘴上的膠帶被撕開的瞬間，立刻站起來搖搖晃晃地走向馬桶。勤世訝異地看著這樣的雯光，雯光走到馬桶旁嘔吐起來。

勤世：「老婆！」

雯光：「啊……」

雯光的頭似乎很痛也很暈，好不容易才站起來，想要走到勤世旁邊，卻走不穩而倒下來。勤世奮力地想要向前接住雯光，但雯光砰——地倒在地上。

雯光：「老公……我會嘔吐是……」

勤世著急地大叫，可是嘴巴被膠帶貼住，聽起來就像是野獸的叫聲。

雯光：「……那個症狀。」

勤世：「……」

雯光：「……老公，呵呵呵……忠淑……剛剛忠淑姐……」(吃力地)

勤世：「……」

雯光：「她用腳踢我……呵呵……忠淑她……呵呵呵呵。」

雯光一直呢喃著忠淑的名字，模仿老公的笑聲。聲音漸漸變得很小聲，「死去」是不是就是這種感覺呢……雯光坐在馬桶旁的角落，身體漸漸萎縮……

嘴上貼著膠帶的勤世，如同禽獸般瘋狂地吼叫著。

#109

就在勤世悽慘地吼叫時……基澤的半地下室家裡，泥水已淹到下巴的高度。基澤如同沉船的船長般，最後一個離開大門，以他的視線……看到窗外無止盡的泥水，和家裡的泥水連成一片，如同大海般波動著。

隨著刺激神經的音樂旋律……晃動的黑水，最終也淹沒了攝影機的鏡頭。

#110 豪宅地下秘密空間，晚上

陰暗的地下空間……瘋狂地用額頭撞著牆壁按鈕的勤世，看起來有點驚悚。

從勤世額頭上流下的血，和他的眼淚、鼻涕全部混合在一起，鏡頭漸漸靠近他的臉。斷氣的雯光僵硬地躺在地板上。充滿憤怒和痛苦的勤世，不斷地用額頭撞著感應燈的按鈕。

#111 豪宅庭院，帳篷，晚上

多頌打開帳篷的拉鍊，看著客廳的方向。他訝異地看著玄關前的感應燈一直閃爍個不停。閃爍閃爍……多頌隨著拍子，把長長短短的線和點寫在筆記本上。他一邊對照著童軍手冊上的摩斯密碼，試著轉換成子音母音，卻無法形成單字。攝影機在傾盆大雨中，漸漸接近更加快速閃爍的感應燈。緊張的音樂旋律迎向最高潮。

#112 學校體育館，臨時避難所，清晨

在體育館裡淹水地區的災民並排著睡覺。朦朧的曙光透進關燈的臨時避難所。和其他災民一樣，基澤和孩子們憔悴地躺在地板上。精疲力盡的基婷，像屍體般沉沉地睡著了。基宇睜著發紅的雙眼，把「山水盆景」抱在懷裡。

基宇：「爸爸……」

基澤：「嗯……」

基宇：「那個……」（偷瞄了一眼睡著的基婷）「你剛剛說的計畫是什麼？」

基澤：「你在說什麼？」

基宇：「剛剛不是說有計畫嗎？你有什麼打算？那裡……」（壓低聲音）「關於地下室……」

基澤像是真空狀態般面無表情，卻散發著冰冷的感覺。他維持了一陣沉默後……

基澤：「你知道什麼計畫絕對不會失敗嗎？」

基宇：「……什麼？」

基澤：「沒有計畫，沒計畫，no plan。」

基宇：「……」

基澤：「為什麼？因為人生永遠無法照著計畫進行。」

基宇：「……」

基澤：「你看這裡。這些人難道都計畫好，要一起在體育館睡覺嗎？可是現在，包含我們，大家都一起睡在地板上。」

基宇：「……」

基澤：「所以人不該有計畫……沒有計畫就不會出錯。一開始沒有計畫的話，發生什麼事都無所謂。殺人也好，賣國也好……全都他媽的無所謂了，懂嗎？」

基澤以充滿疲憊和冷漠的臉，淡淡地說出這些話……基宇從未見過爸爸的這種樣子，令他感到很恐懼，更用力抱緊懷裡的山水盆景。

基宇：「爸爸……很抱歉。」
基澤：「什麼事？」
基宇：「一切……所有一切……我來負責好了。」
基澤：「那是什麼意思？」（偷瞄一眼）「你幹嘛一直抱著石頭？」
基宇：「這個嗎？」（看著石頭）「是它一直黏著我。」
基澤：「……？」
基宇：「我說真的，它一直黏著我。」
基澤：「……你該睡覺了。」
基宇：「也是……它從敏赫手中來到我手裡的事……就具有象徵性。」（呢喃）

基宇用失去焦點的眼神發楞著……無法得知他在想什麼。

#113 豪宅客廳，早上

早上燦爛的陽光照射進客廳。站在客廳落地窗前的蓮喬，看著晴空萬里的天空、耀眼的陽光和印地安帳篷。從蓮喬的身後，東翊從沙發上睡眼惺忪地醒來。

#114 豪宅庭院，早上

帳棚上還凝結著雨滴。東翊悄悄地靠過去，窺探著帳篷裡面。熬了一整夜的多頌，不醒人事地呼呼大睡。東翊笑了一下，朝著在客廳的蓮喬比了OK的手勢。

#115 豪宅更衣間，早上

蓮喬：「潔西卡老師，抱歉禮拜天打給妳。請問今天中午有空嗎？要不要來吃好吃的午餐？我們今天想在家開快閃慶生會！」

蓮喬坐在梳妝台前，用興奮的語氣朝著開啟擴音功能的 iphone 通話。

#116 體育館，早上

被電話吵醒的基婷一臉蓬頭垢面的樣子。她的身後看到很多人還在睡覺。

基婷：「哦……您要開生日派對嗎？」

（蓮喬）：「是，如果老師出席，多頌一定會很開心……」

#117 豪宅更衣間——臥房，早上

蓮喬：「請過來盡情享用義大利麵、焗烤麵、鮭魚排……知道我廚藝超級好吧？請務必過來。」

（基婷）：「啊……是。」

蓮喬：「一點前到就可以了！還有今天來我會算一次上課，You know what I mean?（知道我的意思吧？）待會見。」

蓮喬興奮地說完就逕自掛斷電話。多蕙用發亮的眼神從後方悄悄地探出頭來。

多蕙：「媽……快閃慶生會要不要找凱文老師？

蓮喬：「好啊！Why not?（當然）妳打給老師好嗎？」（回頭看）

多蕙：「好！」

多蕙開心地回房，從她背後看到東翊上樓的身影。東翊走到臥房倒在床上，要再睡一會兒似地鑽進被窩裡。

蓮喬：「老公，你再睡一下，多休息。昨天也累了吧。」（看著臥房的方向）

東翊：「謝啦……」（打呵欠）「妳要去採買一輪吧？」

蓮喬：「沒錯，葡萄酒專賣店、超市、麵包店、花店……不過不用擔心，我已經打給金司機了，叫他快點過來。我說週末會付加班費。」

東翊：「Perfect（太完美了）……」

東翊閉著眼睛豎起大拇指，蓮喬聽到東翊稱讚似乎很開心，笑著打開衣櫥。

#118 體育館，早上

災民們圍著地板上成堆的衣服翻找著，似乎是市公所或市民團體送來的物資……看來沒有像樣的衣服，基婷露出無奈的表情。翻找著衣服時，轉頭往旁看，眼睛發紅的基澤也在翻找著衣服。回過頭看……基宇在遠處躺著翻身。基宇微微睜開眼睛看了一下手機，看到「七通未接來電——多蕙」。基宇坐起來確認多蕙傳的簡訊，然後把山水盆景放進灰色背包裡。

#119 豪宅廚房——客廳，早上

忙著處理食材的忠淑，因幾乎沒睡眼睛發紅。充滿活力的蓮喬砰砰地走下樓梯，把忠淑叫到客廳。蓮喬看了一眼陽光燦爛的庭院後說。

蓮喬：「廚房的地下室裡，有十張戶外用的桌子。」

忠淑：「是……」

蓮喬：「先拿出來擦得亮晶晶的……然後以多頌的帳篷為中心，像這樣把桌子圍繞著帳篷排放……」

蓮喬搭配手勢努力說明，但似乎不是很滿意而停了下來。

蓮喬：「對了，鶴翼陣！你知道李舜臣將軍的鶴翼陣吧？閑山島海戰！」

忠淑睜著發紅的眼睛，露出「臭女人，到底在說什麼？」的表情，卻立即收斂起來。

蓮喬：「把帳篷想成是日本軍艦……把桌子排成鶴翼陣的隊形，圍成一個半圓形……帳篷附近放烤肉架、木炭等……」

#120 豪宅地下室，早上

朦朧的燈光滲透進來的地下室，忠淑費了好大的力氣才把戶外用桌子拿出來，短暫地喘口氣……地下室裡有一股寂靜的冷空氣。忠淑出神地看著堵住地下秘密空間入口的陳列櫃。就像是聽到雯光和勤世微弱的呼吸聲般，想要看穿似地看著牆壁。

#121 有機超市，早上

漂亮地陳列著水果和蔬菜的高級有機超市。櫃檯的店員刷了條碼之後，基澤就接過來裝進塑膠袋裡。蓮喬拿著手機一直笑著通話。

蓮喬：「好啊，順便帶先生一起來！還有絕對不要買禮物過來。」（將信用卡交給櫃檯）「只要過來一起吃頓飯就好了！」

不知派對規模是不是很大，基澤提著大量的蔬菜和水果跟在蓮喬的後頭。可能一直聽到蓮喬高分貝的笑聲，基澤的神經顯得很緊繃，發紅的眼睛露出銳利的眼神。

蓮喬：「禮拜天來這裡解決一餐也不錯啊！」（點頭）「沒錯……大白天

一起喝葡萄酒！哈哈哈哈！你願意高歌一曲是我的榮幸啊！」

#122　高級葡萄酒專賣店，早上

蓮喬：「哪有什麼服裝規定……既然是快閃，你穿運動褲也行！哈哈哈。還有絕對不要買禮物！只要過來大吃大喝就好了……啊，對了，妳開MINI Cooper，自己想辦法擠進車庫吧。靠緊一點應該進得來。」

陳列著高級葡萄酒的專賣店。蓮喬一邊走著，一邊在陳列架上選擇葡萄酒後遞給基澤。基澤拿著裝了很多酒瓶的很重的籃子跟在後頭，一付頭很痛的表情。

#123　豪宅庭院，早上

忠淑以多頌正在睡覺的帳篷為中心，將戶外用桌子排成「鶴翼陣」。一個人流著滿身汗時，聽到人靠近的聲音回過頭看，穿著睡衣的東翊正朝著帳篷走去。

朴社長和忠淑在庭院尷尬地對望，只稍微用眼睛打了個招呼。東翊看了一下帳篷裡面，朝著忠淑做出「噓——」的手勢，並不出聲地以口型說「孩子還在睡覺」。忠淑點點頭，想辦法不發出聲音地撐開桌腳。東翊抓抓肚子返回家裡。

#124 行駛的賓士車內，早上

蓮喬：「今天天空很藍，空氣也很好，多虧昨天把雨都下完了。雖然露營泡湯，但可以開派對，我真的賺到了！如果沒下雨就沒有派對了。」

蓮喬坐在後座繼續講著電話，似乎聞到從基澤那裡飄來的味道，用手指頭捏住鼻尖。基澤用後照鏡看到那個樣子，神經變得更加緊繃。

蓮喬（稍微打開車窗）：「真的不要買禮物過來喔！真的喔！」

#125 豪宅庭院，白天

充滿陽光的庭院，大家坐在擺放花飾的桌子上。忠淑在廚房和庭院之間來回走動，忙著搬運料理。也有早已喝完一瓶葡萄酒興致高昂的賓客們。

#126 豪宅多蕙的房間，白天

鏡頭從二樓多蕙的房間窗戶，往下俯瞰庭院派對的客人。印地安帳篷前堆著賓客帶來的各式各樣的禮物。基宇以發楞的眼神出神地看著庭院，多蕙看著這樣的基宇說。

多蕙：「哥，你在想什麼？」

基宇：「什麼？」

多蕙：「剛剛跟我接吻時，在想別的事情吧？」

基宇：「沒有……」

多蕙：「哪沒有……現在也在想別的事情。」

基宇的視線看著草地上從容自在的人們……拿著萊卡照相機的小孩，拿著葡萄酒瓶說明某個事情的女人，用斧頭帥氣地劈著烤肉木柴的男人等。大家都很放鬆和愉快。

基宇（看著大家）：「大家都很體面呢？都是臨時過來的，卻很從容，看起來好自然。」

多蕙：「……」

基宇：「多蕙。」

多蕙：「嗯？」

基宇：「我適合嗎？」

多蕙：「適合什麼？」

基宇：「我適合這裡嗎？」

多蕙露出聽不懂基宇在說什麼的表情。基宇一臉呆呆地走到放在書桌上的背包前面。

多蕙：「怎麼了？你要去哪？」
基宇：「我要下樓。」
多蕙：「陪我啦。」
基宇：「我要下樓。」
多蕙：「別找那些無聊的人，陪我玩好嗎？」（抱緊）
基宇（呢喃）：「不是找那些人……是去更下面……」
多蕙：「……」

基宇用陰沉的表情，從背包拿出山水盆景。

多蕙：「哇……這是什麼？」

#127 豪宅庭院，白天

賓客們看不到的庭院後方角落，兩個男人躲在樹叢後裝扮成印地安人。東翊將印地安羽毛等各種裝飾配戴在基澤身上。

東翊：「真是的……都這把年紀了還做這種事，真的很丟臉，哈哈。」

基澤：「沒關係……呵呵。」

基澤昨晚發生了那些事、家裡也淹水了，一大早被蓮喬到處拖來拖去，現在甚至還要裝扮成印地安人。他已身心俱疲……以虛脫的表情拿著玩具斧頭。

東翊：「金司機，真的很不好意思，孩子的媽很堅持……我也沒辦法。不過任務很簡單，待會潔西卡老師端著多頌的生日蛋糕出現。那時我們就跑出來突襲潔西卡老師，揮舞著這個印地安斧頭。簡單來說，我們是壞印地安人。」

基澤：「……是。」

東翊：「這時正義的印地安人多頌出場！用斧頭反擊，展開決鬥。最終多頌拯救了蛋糕女神潔西卡！所有人拍手叫好！……差不多就這樣，很幼稚吧？哈哈哈。」

基澤：「太太似乎……特別喜歡驚喜活動。」

東翊：「是啊，她很喜歡，哈哈。不過今年生日她特別費心。」

基澤：「原來如此……您也很努力呢。」

東翊：「……」

基澤：「也是，畢竟您愛她……」

很明顯地帶著嘲諷的口氣，東翊表情瞬間有些變化，氣氛有點僵住。

東翊：「金司機…反正今天算加班……」

基澤：「是……」

東翊：「你就當作是工作好嗎？」

基澤：「……」

東翊似乎不太喜歡尷尬的氣氛，把頭別過去，繼續在頭上插著印地安裝飾……

基澤：「社長……這個似乎越線了……」

東翊：「……什麼？」

基澤：「不是……我指這個……」

東翊頭上的其中一個印地安羽毛，因為插得太深桿子露了出來。在微妙的緊繃感和尷尬中，基澤用手把羽毛拉上去一點。

#128 豪宅廚房——客廳

忠淑看著蓮喬給的平板電腦，依照上面的照片擺設自助餐的餐桌。專心醃肉的外國廚師，拿著醃好的烤肉走向庭院。基婷立刻悄悄地來到忠淑旁邊。

基婷（小聲）：「……媽下去過了嗎？」

忠淑：「還沒，我太忙了。」

基婷：「不過應該跟他們談談吧？找到對彼此都有利的方式。」

忠淑：「沒錯。幹，昨天大家都太激動了……」

基婷（左右張望）：「我先下去看看好了。」

忠淑點點頭，從下面悄悄拿出放了各種派對料理的盤子……

忠淑：「把我準備好的食物拿下去，總要填飽肚子才好說話。」

基婷點點頭收下盤子，從自助餐的桌子上再拿起幾個肉丸放進盤子裡。基婷正要朝著地下室走過去的時候……突然聽到蓮喬的高分貝笑聲。

蓮喬：「潔西卡，原來妳在這裡，哈哈。請過來一下。」

基婷偷偷地把盤子從背後放下來。忠淑匆忙地拿著食物送到庭院……蓮喬抓住基婷的手，拉她到客廳的桌子，指著最高級的鮮奶油蛋糕……

蓮喬：「這個真的很好吃。該怎麼解釋呢……這是讓多頌克服創傷的蛋糕，所以務必要麻煩潔西卡老師。這是今天的重頭戲！」

蓮喬和基婷看著美麗的蛋糕……在她們的身後，朦朧地看到基宇背著灰色背包靜靜地走下樓梯。基宇默默地經過廚房，朝向地下室。

#129 豪宅地下室，白天

基宇吃力地推動著裝滿糖漬梅的陳列櫃，黑色的鐵門出現了。基宇解開層層纏繞的鐵絲打開鐵門，然後打開手機的手電筒一步一步走下樓梯。

#130 豪宅地下秘密空間，白天

在樓梯盡頭的黑暗中，基宇從灰色背包拿出山水盆景。他的雙手在發抖，呼吸也很急促。放在上衣口袋的手機手電筒，在黑暗中發出光芒。

終於在馬桶附近，發現雯光被綁得緊緊地躺在地上。基宇吞了一口水慢慢朝著雯光的方向走過去……他的雙眼已蓄滿淚水，腿也不斷地發抖。

基宇不知何時走到雯光的面前，雯光的頭就在腳下，他高高地提起山水盆景，卻遲遲無法砸下去，一把鼻涕一把淚地顫抖著……

突然，在基宇後方的黑暗中……細長的一個「圓圈」悄悄地靠近。綁著勤世身體的電線，變成圓圈的繩套靜靜地浮到基宇的頭上。基宇看著腳下的雯光啜泣著，

當感覺到繩套從頭上下來的瞬間……

緊緊勒住基宇脖子的電線！基宇發出喀——的聲音，想要拉住電線，山水盆景掉下來砸到自己的腳，他倒下來被拖了過去。

在黑暗中只有眼睛發亮的勤世，拉著電線勒著基宇的脖子。基宇喀喀——地不斷掙扎，快要不能呼吸般翻起白眼……勤世拿起山水盆景，砸向基宇的臉！基宇瞬間轉過身去好不容易躲開石頭，慌忙地朝著樓梯跑過去。

勤世單手拿著山水盆景追了過去。基宇已經跑上樓梯，勤世卻抓住套在脖子上往後垂的電線用力往後拉。快跑到糖漬梅的基宇，隨著脖子上的繩子往後扯，身體浮在半空中，在不能呼吸的狀態下轟——地摔在地上。

勤世瘋狂地跑上來，用山水盆景朝著基宇的頭用力砸下去！隨著一聲砰！地巨響，切換畫面。

#131 豪宅庭院，白天

在陽光下鼓掌歡呼的人們，賓客裡似乎有聲樂家，正在唱著詠嘆調……基婷端著白色鮮奶油蛋糕，蓮喬朝著蛋糕上的十根蠟燭一一點起火來。

#132 豪宅地下室，白天

昏暗的地下室，勤世可能口渴了，拿起大玻璃罐大口喝下糖漬梅原汁，然後推動陳列櫃擋住秘密空間的入口。從某處傳來詠嘆調的聲音，勤世轉過頭去，現在才看清楚勤世的臉……從額頭流下來的血在臉上暈開，已經乾掉結成血塊，只有貼著膠帶的嘴附近沒有沾到血，留下長方形的痕跡。勤世以那種詭異的臉，往下看著腳底。倒下的基宇頭上汩汩地流出鮮血，血如圓形的池塘般漸漸擴大，把地板上的糖漬梅原汁推到一旁。

勤世撿起地板上的山水盆景，再一次朝著基宇的頭砰——地砸下去！基宇的手指顫抖了一下……無法得知是活著的訊號，還是死亡的訊號。

#133 豪宅廚房，白天

勤世朝著充滿陽光的廚房一步步走上樓梯。大白天的廚房裡，滿臉是血的鬼走出來，不可思議的景象。

勤世看著庭院的方向。笑著鼓掌的人群中，基婷正端著蛋糕。勤世在流理台上拔出一把很大的菜刀，朝著庭院大步走過去。多蕙慢一拍從二樓走下來，她探頭看向廚房說。

多蕙：「老師！凱文老師！你在哪裡？」

#134 豪宅庭院，白天

基婷留意著蠟燭不被熄滅，小心翼翼地端著蛋糕，在庭院正中央穿越賓客朝著帳篷走去。站在帳篷前的多頌，害羞卻開心地看著潔西卡老師……瞬間隨著尖叫聲，人群往左右分散開來！

嚇一跳的基婷回頭看，臉上有著紅黑色血漬的勤世拿著菜刀衝過來。基婷轉身把蛋糕朝著勤世臉上砸過去！同時勤世手上的菜刀，也深深地插進基婷鎖骨下方的胸口上！基婷發出赫——聲無法呼吸，勤世把刀拔出來，血也隨之噴了出來！基婷的血噴灑在勤世覆蓋著白色鮮奶油的臉上。

基婷倒下來，多頌的眼前出現滿臉是血的勤世「鬼」。多頌發出比賓客的尖叫聲更尖銳的啊——往後昏倒，並且翻白眼及抽搐發作。從某處傳來蓮喬的尖叫聲。

勤世粗魯地扶起胸口淌血的基婷，把菜刀架在她的脖子上，朝著人群大喊。

勤世：「不准動！」

從樹叢後方跑出來的基澤和東翊，看到這個情況愣住了……庭院裡陷入恐慌的人群，想往外逃跑的人群，全都停住了動作，瞬間變得異常安靜……飛過庭院的一隻白蝴蝶，停在勤世頭髮的鮮奶油上拍了拍翅膀。

勤世：「忠淑姐！忠淑，妳在哪裡？妳出來！」

忠淑從庭院一角慌張失措的人群中走出來，用充滿憤怒的眼神大喊。

忠淑：「基婷！妳醒一醒！」

基婷流著大量的血，似乎還有意識般發出奇怪的呻吟聲。

忠淑（嘶吼）：「基婷，快止血，用手按住流血的地方！」

忠淑和基澤用憤怒的眼神看著流血的基婷。東翊和蓮喬的眼睛則一直盯著倒下的多頌。大概度過令人窒息的一秒鐘後……

勤世把基婷甩開，朝著忠淑衝過去。一旁的人尖叫著逃跑。忠淑看到勤世拿著刀衝過來，立刻把烤肉架翻倒。熱騰騰的肉和燃燒的木柴掉在地上，冒出火花和煙霧。勤世穿過煙霧跑過來，忠淑抓住勤世的手腕，兩人開始決一死戰。

基澤情急之下朝著勤世丟了印地安斧頭後跑過去，塑膠斧頭歪向一邊沒打中勤世，反而打到忠淑的頭反彈出去。東翊跳過流血的基婷，朝著多頌跑過去。東翊一把抱住不斷抽搐的多頌，穿過陷入恐慌的人群，朝著蓮喬跑過去。

忠淑和勤世在庭院的正中央，如同兩頭野獸般扭打著。基澤完全無法介入，跑到基婷身邊按住流血的左上胸，血卻依然流個不停。基澤到處找著可以綁起來止血的物品，其他賓客卻忙著逃跑，沒有一個人過來幫忙。

基澤：「請幫幫忙！」

蓮喬從東翊手中接過多頌，瀕臨崩潰的大喊。

蓮喬：「金司機，快開車，等救護車到就太遲了！」

東翊（回過頭看）：「金司機！去開車！」

蓮喬：「黃金十五分鐘！」

東翊和蓮喬朝著努力替女兒止血的基澤大喊……失去理智的蓮喬，眼裡根本看不到在草地上決一死戰的忠淑和勤世。她只是抱著多頌著急地跳腳。心急的東翊朝著基澤大喊。

東翊：「車鑰匙！給我車鑰匙！」

突然間混亂的庭院變成很慢的畫面，參加派對的賓客雖然慌張，卻一個一個順利離開現場……總覺得只有「下流階層的人」渾身是血地淌著這場渾水，奇妙的感覺。

從發楞的基澤視線看到……女兒的血不斷從手指間湧出來；太太在渾身是血的男人的菜刀下掙扎著；朝著自己不斷喊叫的老闆和夫人；漸漸遠去的紳士

淑女們……

這時雪上加霜地，基澤還看到嚎啕大哭的多蕙，背著渾身是血的基宇朝著大門跑過去。就在這個時候耳邊傳來老闆大喊：「車鑰匙！」的聲音。

基澤本能地從口袋掏出賓士的車鑰匙，朝著東翊丟過去。可是車鑰匙被逃跑的人撞飛掉在草地上。勤世和忠淑扭打時滾到車鑰匙的地方。勤世再次拿起掉落的菜刀，砍了忠淑的左手臂！忠淑握住手臂倒下去，卻偏偏倒在燃燒的烤肉木柴上，忠淑被燙到而大叫。勤世一副不肯善罷干休的樣子，跨在忠淑的身上把菜刀高高地舉起。

基澤見狀立刻撲過去，想要撲倒勤世……不過被殺氣騰騰的勤世推開，被壓在地上處於不利的情勢。基澤看著勤世的刀刃，緊繃著身體閉上雙眼。

瞬間，基澤因一陣詭異的寧靜睜開眼睛……看到烤肉的鐵串深深地插在勤世的側腰。勤世被插入又燙又長的烤肉串，甚至無法發出尖叫聲。流血的側腰和忠淑的手之間，熟透的香腸和肉塊熱騰騰地冒著煙。忠淑鬆開鐵串，勤世的身體朝著草地倒下去。

基澤充血的雙眼，看到東翊慌忙地跑過來。

東翊翻動著忠淑流血的身體找車鑰匙，跟蓮喬露出同樣驚恐的表情。接著翻開勤世的身體，終於找到了賓士車鑰匙。那一瞬間可能聞到勤世身上發出惡臭……東翊皺著眉頭摀住鼻子。東翊的那個動作，讓基澤覺得非常刺眼。

瞬間，基澤的眼神改變了……他再次拿起在草地上打滾的印地安斧頭，大步走到東翊的背後。東翊聽到腳步聲往後瞄了一眼……

咻——基澤的斧頭劃過空中，朝著東翊的脖子和肩膀中間砍下去。

不知是不幸還是幸運，是故意還是過失……揮下來的不是玩具塑膠斧頭，而是用來劈烤肉用木柴的真正的斧頭。冰冷的斧刃深深地砍在東翊的身體裡。

包含蓮喬的很多人目睹了這一刻，但因為來得太突然，沒有人發出尖叫聲。東翊噴著鮮紅的血倒在草地上，基澤呆呆地往下看。

基澤的腳邊是打到忠淑的頭後反彈出去的玩具塑膠斧頭，滴著東翊的血的真斧頭，還握在基澤的手裡。

蓮喬就那麼抱著多頌昏倒了。所有人都嚇得僵住了，全都看著基澤。基澤看著不斷流血的東翊嚇了一跳，這一刻才回過神來。

基澤那時才知道自己犯下什麼事，倒抽一口氣後，朝著大門逃跑。人群嚇得躲開基澤，基澤到這個時候才把沾血的斧頭丟在地上。

一臉驚嚇的基澤，連忙逃跑的時候，還不忘看一下周圍……

忠淑痛苦地按著基婷的胸口，正在想辦法止血……外國廚師把絲巾綁在忠淑流血的手臂上。沒有人理會的勤世，側腰持續流出黑紅色的血。幾個男人正幫東翊止血，朝著119或某處打著電話，女人們在一旁扶著蓮喬和多頌。

基澤把這一剎那的風景全都遠遠地拋在腦後，只看到從大門外消失的背影。從遠處傳來救護車或警車的警笛聲……畫面fade out（淡出）。

#135 某處，白天

這裡是哪裡呢……完全感覺不到時間和空間的黑暗，從黑暗中隱約聽到來來往往的聲音，畫面漸漸變亮……陌生的男人正在看著攝影機。

（基宇）：「一個月之後終於睜開了眼，第一個映入眼簾的是……」

似乎是躺在醫院病床上的基宇視線……傳來基宇冷靜的旁白聲。

一個肩膀很窄，看起來膽子很小的男人，滔滔不絕地說明某件事卻聽不太清楚。

（基宇）：「……一個長得完全不像刑警的刑警。」

看著刑警的口型……似乎在說「你有選任律師的權利……」的「米蘭達宣言」。畫面上終於看到頭上層層纏繞著繃帶的基宇。基宇用朦朧的眼神傻笑著。

（基宇）：「然後完全不像醫生的醫生也說話了。腦部手術後有可能沒來由地一直笑。」

醫生用獨特的表情觀察著基宇的瞳孔。對基宇而言一切都像是做夢，沒有真實感。可能是腦部受創的原因……基宇的左眼瞳孔微微地偏向中間變成了鬥雞眼。

#136 監獄醫院，走道，白天

（基宇）：「可能是因為這樣，聽到基婷在當天因出血過多死掉時……

推著點滴架捧腹大笑的基宇。走道上的監獄官全都看著基宇。

#137 法庭，白天

（基宇）：「聽到大家說我偽造文書、侵入民宅，討論著蓄意殺人還是正當防衛……最終兩項卻都被判緩刑宣告時……」

法官正在宣告最終判決，基宇卻呵呵地笑著，律師和忠淑對他使了一下眼色。

#138 行駛的公車內，白天

在陽光下行駛的客運，基宇和忠淑坐在一起看著外面的風景。

（基宇）：「甚至終於見到基婷時……」

#139 納骨塔，白天

擺滿白色骨灰罈的納骨塔。骨灰罈上貼著照片，照片裡的基婷也在笑著。

（基宇）：「……我一直都笑著。」

基宇看著照片裡的基婷，靜靜地泛起微笑。忠淑站在背後啜泣著。可能是使用基婷年紀還小的照片，微笑的表情顯得特別天真、純真且可愛。

#140 半地下室基婷的房間——廁所，白天

基婷的房間裡，基婷已不在了，東西卻原封不動地保留著。忠淑趴在地上擦著地板，把殘留在家具各個角落的黃褐色泥水一一擦乾淨。移動攝影機……基宇坐在廁所的階梯上，用手機看著幾個月之前的新聞快報。攝影棚裡的記者正在報導案件。

記者A：「……在高級住宅區發生隨機殺人事件非常罕見。尤其揮刀的流浪漢當場死亡……」

基宇的手指點選另一個新聞快報，傳出另一個記者的聲音。

記者B：「……聽說金姓司機平時和朴社長的關係還不錯，因此很難掌握行凶動機。警方正全力通緝逃亡的金姓司機，但目前找不到任何線索。透過手機發現金姓司機最後出現在案發現場，那之後卻追蹤不到行蹤……」

#141 住宅區巷子，白天

（基宇）：「其實媽媽和我也完全和爸爸失去聯絡。」

基宇在密集住宅區裡發傳單，往後瞄一眼……在遠處跟蹤的刑警扭到腳滾下樓梯。

基宇露出同情的表情。

（基宇）：「刑警卻大費功夫一直跟蹤我們，讓我感到很愧疚……」

#142 冬天的山坡，下午——晚上

已經進入冬天，基宇穿著很厚的外套，正走在首爾市內的某座小山上。基宇背著背包，走在乾枯的樹之間，嘴巴呵出白煙。

（基宇）：「不過我呢，其實心裡隱約知道爸爸在哪裡。」

終於爬到了山頂……基宇坐在石頭上，從背包拿出很大的望遠鏡。

（基宇）：「所以等到季節變換，媒體不再大肆報導，刑警們也放棄跟蹤後，我偶爾會爬到那座山上。」

從望遠鏡的視線……看到遠處朴社長的豪宅和庭院被放得很大。

（基宇）：「在山上可以清楚看到那間房子。」

透過客廳的落地窗，看到新搬進來的外國白人家族和樂融融的樣子。

畫面 dissolve……過了一段時間，晚上，基宇在夜幕低垂的山上，一邊發抖一邊繼續看著望遠鏡。

（基宇）：「那天特別冷，可是不知為何，我卻想繼續看著那裡。」

一家人似乎都回房睡覺了……空蕩蕩的客廳裡沒有人，玄關裡的「感應燈」卻突然長長短短地閃爍起來。看著望遠鏡的基宇，眼睛突然瞪得很大……愈看愈覺得是說話的感覺，像是摩斯密碼般一直閃爍個不停。基宇發出「劃、點、劃、劃……」的聲音錄在手機裡。在冷冽的冬風中，持續聽到基宇顫抖的聲音。

#143 地下鐵，晚上

基宇坐在最後一班地下鐵晃動的車廂裡。一邊用耳機聽著在山上錄的「劃、點、劃、劃……」，一邊用簽字筆不斷地在藥袋、廣告傳單、甚至自己的牛仔褲上畫出點和線。坐在旁邊的女人，用訝異的表情上下打量著基宇的牛仔褲和臉。基宇用手機查詢「摩斯密碼表」後，暫停播放錄音檔，開始解讀摩斯密碼。無數的點和線，終於轉換成文字。

「兒子，如果是你，我想應該能讀到這封信。」

單字和文章變成基澤的聲音。在陰暗的地下空間，基澤坐在書桌前，把密密麻麻的信轉換成摩斯密碼。書桌的牆壁上是過去勤世貼的泛黃的「摩斯密碼解讀表」。

（基澤）：「你是童軍出身，所以我用這種方式寫信。」

稍微瘦了一些且鬍子變長的基澤，不急不徐地用原子筆寫信。

（基澤）：「身體恢復的情況還好嗎？我猜你媽健康的不得了。我在這裡也很好，雖然想到基婷就想哭。」

#145 豪宅庭院，白天

從基婷胸口冒出鮮血，血和鮮奶油交織在一起的勤世的臉。靜靜地劃過天空落在東翊肩膀上的斧刃，握著斧頭的基澤手上沾滿了血……閃過的畫面。

（基澤）：「到現在我仍覺得那天很不可思議，好像在做夢⋯」

基澤逃跑的視線⋯⋯尖叫閃躲的人群，出現在眼前的大門。

（基澤）：「那天我離開時⋯⋯瞬間下定了決心，我該去哪裡。」

#146 豪宅大門——車庫，白天

慢動作拍攝慌忙走下樓梯的基澤，因為賓客的車子硬擠進車庫，Mini Cooper的車頭突出來，車庫門沒有全部拉下來。

基澤彎下腰走進車庫裡。

驚慌失措地逃到巷子的幾個賓客，沒看到基澤走進去。昨晚雯光剪斷的攝影機，事不關己地看著再次進入豪宅的基澤背景。

#147 豪宅客廳——廚房，白天

基澤從車庫走到客廳時，從樓梯稍微探出頭來，看了一下庭院的方向……驚恐的人們急忙湧向傳出救護車聲音的方向。基澤拿著脫掉的鞋子，快速地跑過無人的客廳，慌忙地走下廚房的地下室入口。

#148 豪宅地下室——地下秘密空間，白天

（基澤）：「在一陣慌亂中，我還是沒忘記帶水和吃的……」

透進一點光的地下室，基澤急忙扛起進口鮪魚罐頭和 evian 礦泉水箱，避開地板上的一大片血跡和梅汁，把陳列櫃推開。基澤打開前往秘密空間的鐵門，走進黑暗裡。他從裡面轉動著旋轉把手，把自己封印在地下世界裡。Fade out。

#149 豪宅各處，地下秘密空間，晚上

Fade in。朴社長一家人搬走了，家的各個地方都變得空蕩蕩的，只有月光照射進來。

（基澤）：「發生過凶殺案的房子，應該不太容易被賣掉。新屋主搬來前，我必須苦撐一段時間，這是我後來才領悟到的。」

地下秘密空間……基澤用勤世的叉子，只把一小口鮪魚放進嘴哩。他看著黑暗的方向，很捨不得地一點點把鮪魚吞下去。黑暗中瑟縮在馬桶附近的人形……原來是雯光。

#150 豪宅庭院，晚上

（基澤）：「不過幸好房子沒人住……我可以好好地替她送終。」

雯光沉重的身體，砰——地掉進土坑裡。可能費了很大的力氣才搬運了屍體，基澤粗重地喘著氣。在庭院的大樹下挖的洞裡……泥土漸漸覆蓋住雯光的臉。

基澤握著鏟子短暫地喘口氣，他靠著樹抬頭看天空，星星在閃閃發亮。

（基澤）：「我替她辦了時下最流行的樹葬，幹，我仁至義盡了。」

#151 豪宅地下秘密空間，白天

基澤站在依然貼在牆上的東翊照片前，閉上眼睛一臉愧疚地認真追悼，可是看起來卻有點滑稽……瞬間聽到很小的聲音，因此抬頭往上看樓梯口的方向。他把耳朵貼在陳列櫃後方，偷聽外面的聲音。

可能是仲介公司帶客人來看房子，聽到各種吵吵鬧鬧的聲音……傳來一陣德文交談聲。

（基澤）：「不過賣房子的傢伙果然很聰明，竟然誘騙剛來韓國的人……終於把房子賣掉了。」

#152 豪宅廚房，清晨

大家都睡著的清晨，基澤走到黑暗的廚房裡。他靜靜地像蟲一樣爬到冰箱。廚房的牆壁上掛著家族照，露出燦爛笑容的四個德國家人……雪白的牙齒在發亮。冰箱門上用磁鐵吸著照片，其中看到菲律賓幫傭和德國小孩搭肩的照片。

（基澤）：「父母去上班，孩子去上學，一家子雖然很少回來……但因為有該死的幫傭24小時在家，害我半夜都要冒著生命危險去廚房……」

基澤輕輕地打開冰箱，從冰箱透出冷冷的光線……豆腐、香腸、辣椒醬、納豆等，塞滿各式各樣的食材。

（基澤）：「原來德國人不只吃香腸、喝啤酒，真是萬幸啊。」

基澤在勤世的塑膠盒裡，把各種食材各拿一點放進去……庭院方向似乎有動靜，於是基澤嚇一跳地轉過頭去，原來是自己倒映在遠處客廳的落地窗上，彷彿蒼白的幽魂看著自己。

#153 豪宅地下秘密空間

基澤在陰暗的地下空間角落吃著豆腐。鬍子變長了，眼神也很朦朧。

（基澤）：「在這裡一切都變得好模糊。」

基澤如同屍體般躺在勤世的折疊床上，似乎連呼吸都變得很慢。

（基澤）：「今天至少能寫封信給你。」

基澤站起來走到感應燈的開關前。一手拿著轉換成摩斯密碼的信，一手反覆地按著按鈕。畫面變得很慢……漸漸變黑。

（基澤）：「我就寫到這裡。」

#154 住家附近巷子，清晨

彷彿胸口快要炸開般……基宇在巷子裡瘋狂地奔跑著。一路上經過透出光芒的半地下室窗戶。基宇呼出的白煙，在冷冽的清晨空氣中擴散開來。

#155 半地下室客廳，清晨

基宇氣喘吁吁地回到家裡。還沒脫外套就急忙拿著空白紙張坐在廚房的椅子上。他開始瘋狂地寫信。攝影機漸漸靠近，基宇的手和筆忙碌地移動著……感性的音樂從畫面上流淌出來。

#156 半地下室，清晨

攝影機靠近將信握在手裡，幸福地睡著的基宇的臉。信裡的內容變成旁白。基宇似乎在作夢，眼球在眼皮下轉動。

（基宇）：「爸爸，我今天立下了計畫。」

#157 某處溪水，白天

山水盆景第一次被發現的瞬間，某人的手從清澈的溪水中撈起乾淨的山水盆景。

（基宇）：「是最基本的計畫。」

#158 豪宅區坡路，白天

基宇走在陽光燦爛的住宅區坡路，穿著帥氣的西裝打著領帶，看起來更成熟了一些。

（基宇）：「我要賺錢，賺很多錢。」

#159 豪宅大門前，白天

德國家庭、朴社長，還有南宮賢子住過的那棟房子的門前。基宇和仲介公司的人一起走上樓梯。

（基宇）：「上大學、就業、結婚當然重要……但我想先賺錢。」

#160 豪宅庭院——客廳，白天

仲介公司的女人在庭院說明著，基宇出神地看著陽光下的樹。

（基宇）：「等我有錢，要買下這間房子。」

當搬家公司的人把行李搬進去時，基宇和忠淑也走進客廳。（推測為）基宇的太太和女兒的某個女人和小孩，在庭院的草地上跑跳著。

（基宇）：「我想在陽光燦爛的日子搬進去。」

家具和行李已經整齊地就定位，搬家公司的人全都離開了……終於只剩下基宇和家人。一家人坐在庭院正中央的戶外桌上曬太陽。基宇轉頭看著家裡。

（基宇）：「爸爸只要走上來就好了。」

傍晚的陽光斜斜地照射進廚房，從地下室的樓梯傳來基澤的腳步聲。攝影機朝著樓梯慢慢地前進，微微看到基澤走上樓的臉。

基宇：「請出來。」

基澤終於走到陽光燦爛的草地上，用陽光洗淨在黑暗中的漫長歲月。基澤和家人彼此擁抱著……感性的音樂變得高揚，但畫面突然切斷。

#161 冬天山上，深夜

吹著寒冷北風的傍晚山坡，基宇在宛如刀割的風中看著望遠鏡。當他放下望遠鏡時，鏡頭上是朦朧地看著遠方的基宇的正面的臉。

（基宇）：「不過這封信……該怎麼回給爸爸呢。」

遠處隱約看到那棟房子，還有無數的豪宅。在黑暗中各自像是吶喊般閃爍著。可能是因為冷空氣，基宇的鼻尖發紅，眼睛蓄著淚水。

刺骨的冷風沖散了基宇呼出的白煙，畫面上只聽到颯颯作響的風聲時……畫面轉暗。在墨黑的畫面上，開始流淌出輕盈卻充滿絕望的音樂。

全劇終

PART2——劇照

NATHAN PARK
HITS
CENTRAL
PARK

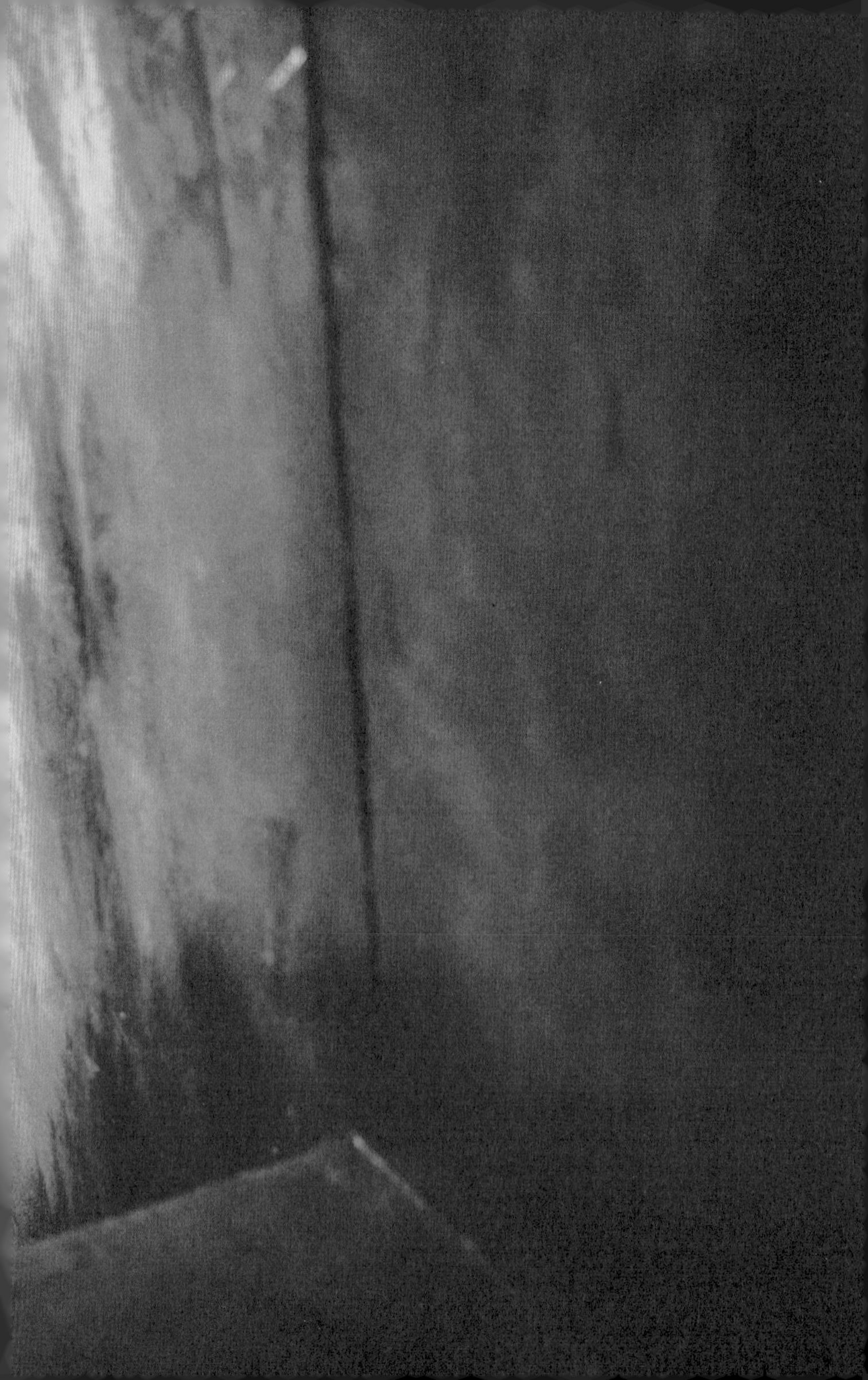

「劇本會一直不斷地改變，就像有生命的生物。」

PART3——記者訪談

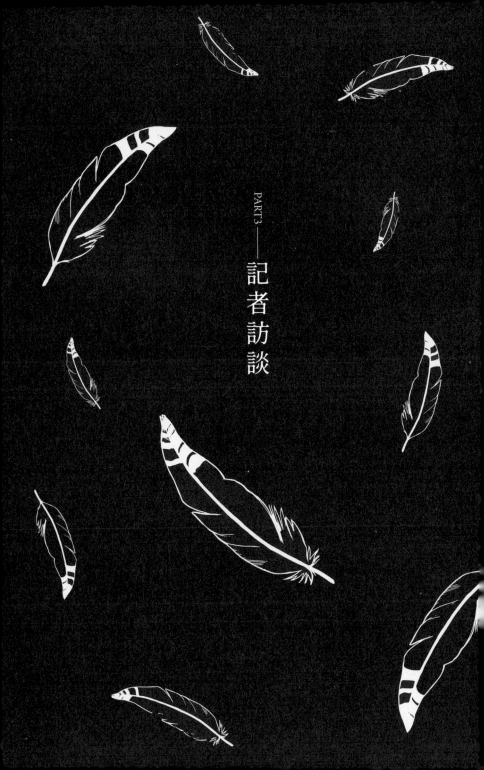

採訪奉俊昊導演

Q：《寄生上流》的劇本是怎麼起頭的？一開始的構想是來自某個畫面，還是個人物？

似乎可以回溯到二〇一三年。像是《駭人怪物》或《玉子》，還可以說我是在蠶室大橋看到幻影，或是經過梨水交叉路的橋下時，想像看到很大的豬等，有可以說出來的原因（笑），可是這一部卻沒有。《寄生上流》原本的片名是《décalcomanie》*。原本構思劇本的素材時，浮現了兩個家庭的故事，因為這個暫定名稱，我的構想是對比的有錢人和貧窮人，兩個四人家庭。到了二〇一七年，地下室的夫妻出現，劇本的結構改變了，變成一個房子裡住著三個家庭。從二〇一三年秋到二〇一五年為止，只有十五頁的摘要，到那時為止一直都是兩個家庭。

Q：既然原本是一個房子住著兩個家庭，為什麼演變成三個家庭呢？

約二〇一五年時，我將十五頁的故事摘要提供給 BarunsonE&A 製作公司，我也提供給攝影導演洪坰杓一份，那時的片名就已經是《寄生上流》（Parasite）了。然後貧窮的基澤一家人變成了主角。我打破了兩個家庭對等的構想，變成站在貧窮家庭的立場上，滲透進有錢家庭的結構。不過到那時為止，摘要的後半部不是現在的結局。雨天從雯光按下門鈴開始，電影往無法預測的方向暴衝的後半部內容，全都是在最後三個月寫出來的。二〇一七年八月浮現了那個構想，後面的內容就全部改寫了。（確認時間後）二〇一七年八月七日，約好和金雷夏前輩一家人聚餐，在開車的路上，突然想到「在強者不知情的情況下，弱者之間決一死戰」的概念，即弱者在強者不知情的時候彼此打鬥的畫面，從那時候開始就一氣呵成了。

*譯註：在紙張塗上水彩，對摺或覆蓋另一張紙產生對稱圖案的美術技法。引申為兩者對稱或雙生的意思。

Q：開車時有靈感浮現不能立刻停下來記錄吧？那你會怎麼做呢？

我的 iPad 裡有筆記 App，我把所有東西都寫在上面。上面寫著記錄的那天是八月七日，「朴社長全家人去兩天一夜的露營，南基澤一家人……」怎麼姓「南」呢？我原本好像設定姓「南」，後來才改成「金」，因為姓「金」最普遍。「南基澤一家人決定四個人喝酒助興（大肆慶祝的氣氛，成功入侵）。正當舉起酒杯慶祝時，叮咚↓之前的阿姨來敲門，然後地下室出場，另一個四人出現了。」一開始設定時，住在地下秘密空間的不是夫妻，而是四人家庭。可是包含小孩的四個人住在地下室的狀況不太真實，所以才改成夫妻。上面寫著「在屋主離開的兩天一夜，毫不相干的兩家人在別人的家裡打鬥的可笑場景。」「趁屋主不在家，寄生蟲們展開肉搏戰。當屋主回來的瞬間，一切都變得乾淨和明亮，沒有一絲灰塵或一滴雨滴。秘密沒有曝光，有錢人毫不知情。」後來因為一些事情，我去了溫哥華一趟，在那裡我開始正式撰寫劇本。尾聲的部分，爸爸和兒子用摩斯密碼聯繫，兒子說要把那棟豪宅買下來，那個部分是我在溫哥華的斑馬路等紅綠燈時想出來的。那時心想著會變成悲傷的結局呢，這件事我到現在還記得很清楚。

Q：從二〇一三年的初稿到完稿為止，改變最多的似乎就是增加了地下家族的部分，那結局和初稿相比差異很大嗎？

我的摘要裡沒有結局，只有各種構想。包含四個人入侵後大肆舉杯慶祝，然後全家人都沖昏了頭，等有錢人的家人分別回來時，一個一個處理掉，最終基澤一家人沒辦法離開那個房子，只能關在那裡生活等，有好幾種不同版本的構想。在那個情況下，二〇一五年我把我的摘要交給《鐵原之旅》（End of winnter）的金大煥導演，請他幫忙撰寫劇本的初稿。等到正在進行《玉子》後製作業的二〇一六下半年，我把金大煥先生寫的版本，和我寫的摘要拿給《玉子》演出組韓珍元。那之前的三個月，他一邊跟我討論，一邊調查及收集了各種資料。他實際採訪了司機和幫傭，也收集了空間相關的資料和照片……他真的做了很多功課。

在那之後他才成為《寄生上流》演出組的編劇。不過和金雷夏前輩吃飯的那天，構思和故事全都改變了，目前完成的電影都是那個八月後歷經三個半月寫出來的內容。二〇一七年我自己撰寫劇本，後面一半以上的內容全都改掉了。前一個版本的對白和場景，只留下了部分的痕跡。例如韓珍元寫的、基澤說：「三十八度線以南的大街小巷都沒問題」。（#32）；「就像某種『陪伴』……」（#32）；「臨場作戰，靠的是氣勢。」（#16），我保留了這些對白。至於金大煥導演，因為更是初期寫的，留下來的並不多，不過他本身因為畢業於美術系，曾經當過美術家教，所以留下了那些部分。基宇第一次到豪宅後，對蓮喬說：「這畫的是猩猩吧？」然後蓮喬回答：「這是自畫像。」（#17），那就是金大煥導演寫的。我記得在《玉子》正式上映的那年（二〇一七年）最後一天，第一次把劇本交給BarunsonE&A製作公司的代表郭信愛，隔天再把劇本拿給宋康昊前輩。

Q：等於你早已決定由宋康昊來飾演嗎？

宋康昊和崔宇植是從一開始就預設好的，再加上朴玿談也幾乎是確定的。我一邊看著貼在牆上的基宇、基婷兄妹的照片，一邊寫劇本。這次出版的劇本，應該是開拍前的最終稿，那時最後增加的部分，就是基澤躺在體育館裡說的話，絕對不會失敗的計畫就是沒有計畫（#112），這句話有點好笑又充滿絕望，但這是該跟兒子說的話嗎？（笑）有點好笑又有點淒涼。我認為這個場景非常重要，原本草稿裡沒有這個場景，印象中我真的花了很多心力寫這個部分。分鏡圖上可以看到基澤用手臂遮著眼睛，說出很長的一段對白。其他的部分都是在分鏡圖的階段逐漸增加，或是在後期錄音時補上去的。劇本會一直不斷地改變，就像有生命的生物。

Q：電影上映的版本中，少了幾個劇本裡的場景。這些是拍攝後在後製時剪掉的嗎？還是乾脆沒有拍呢？

拍了之後剪掉的場景只有兩個。電影開頭的時候，基宇、基婷兄妹跟披薩店老闆領了錢。原本是拿到錢後改變場景，兄妹兩人去附近的超市，就是基宇和敏赫（朴敘俊）喝燒酒的那個超市。雖然錢很少，但基宇用那些錢在超市買點吃的，基婷卻不斷偷東西。那時在家裡正上演著有點難為情的場景，我們戲稱為「加油段落」——通常家很小的情況下，要有夫妻生活有點困難，所以趁孩子們去超市的空檔，夫妻做著臉紅心跳的事情，後來卻嚇一跳的場景。家裡一定要夠大，才能在各自的房間有私生活，但現實生活卻辦不到，這是把那種現實面展現出來的有點好笑的場景。我們拍攝了連結超市和家裡的兩個場景（#5、#6、#7前面的部分），但在剪接的時候剪掉了。我們在開頭去除多餘鏡頭的過程中，把那兩個場景拿掉，再把山水盆景送到家裡的時間提前。藍光光碟裡面應該會收錄進去。

Q：寫劇本的角色時，通常會同時想著某個演員嗎？如果是後來才選定的角色，會不會配合演員的個性再更改對白呢？有哪一個演員是這種情況？

舉例來說，《非常母親》的宋詩曦是寫完劇本後才選定的角色，但宋詩曦說話有他自己的特色，所以拍攝過程畫分鏡圖時，我就配合他的口氣更改了對白。「一切都是為了愛～」這種對白，也是配合他有趣的口氣，在拍攝時更改的。在《寄生上流》聽宋康昊前輩的對白，應該感覺得出來吧？基澤說話的口氣，就像是宋康昊說話的樣子。

Q：劇本的內容，應該都是事前和演員談好的。請問有多少即興的部分呢？

也有再增加對白的情況。舉例來說，基澤載著東翊要去吃燉牛排骨的晚上車內場景（#59），在沉穩對話時，卡車突然插進來，基澤粗魯地轉著方向盤說：「去你的王八蛋！」。那是拍攝中突然浮現的想法，所以拜託康昊前輩拍下來的。那個場景的最後，李善均對著一直回頭看著後座說話的基澤說：「看前面。」那個對白也是李善均即興說出來的。《寄生上流》的即興對白並不多。比起其他電影康昊前輩即興的部分也比較少。一開始基澤載著東翊開車的時候，被稱讚轉彎技術很成熟，基澤裝模作樣地回：「看起來簡單……」這也是康昊前輩的即興對白。大致上以劇本為主，但也有在現場增加，或用後期錄音補上去的對白。後期錄音的時候，我也一直坐在錄音室裡寫著對白，因為從畫面外也會聽到聲音。舉例來說，基澤的家人在朴社長家裡喝酒時（#72），基澤回說：「蟑螂？」之後揪住忠淑的領口，這時從畫面外傳來基宇說：「爸爸，不可以，你死定了。」這個對白就是我在後期錄音時放進去的。通常看不到臉，只聽到聲音的對白，大部分都是像這樣在後期錄音時加進去的。我那時候心想，離上映沒剩幾個月，我竟然還在寫劇本。

Q：飾演雯光的李征垠演員，從她在雨天去豪宅的場景開始，雯光這個角色的演技調性截然地改變，然後電影的調性也隨之改變。請問怎麼選定這個角色的？

雯光按下門鈴的那一刻起，就像是遊戲正式開始的感覺。雯光是在中間按下返回點，更改遊戲的人物。就像是宣示：「這之後的一個小時要開始暴衝了」的感覺。很多人問我怎麼取了劇中人物的名字，其實雯光很簡單，就是「開門進來的狂人」*。

從電影一開始，雯光就是開門出場的。雨天來到豪宅的部分也是，下半段在地下室打開秘密空間之門的也是雯光。漢字我沒有選用瘋狂的「狂」字，結婚登記申請書裡是不是「光」字呢？我不確定。總之從雯光開門開始，一切就會變得狂亂。有一個場景是Steady Cam跟隨著雯光拍攝，雯光走著走著，拔起印地安箭說：「現在如你所見，是孩子的遊樂園。」那個情況是為了配合動線和動作修改的對白。所以比較劇本和分鏡圖的差異，應該很有趣。因為很多對白劇本裡沒有，卻在分鏡圖出現。

總之，在同一個場景裡也可以看到，雯光一開始把頭髮挽起來還化了妝，彷彿自己就是夫人般地模仿前屋主南宮賢子，還有點看不起有錢的朴社長家人的感覺。不過雯光的真面目是從按下門鈴的那一刻開始顯現，被趕出去之後，淋成落湯雞來到豪宅，雯光才真正顯示出她在社會經濟面的地位，這個人物從那時候開始暴衝。

＊譯註：雯光的漢字也可譯為「門狂」。

Q：雯光這個角色是全部寫完劇本後，才選定李征垠這個演員嗎？

我似乎從寫劇本的時候開始，就下定決心請她飾演。宋康昊、崔宇植是開始寫劇本之前，朴昭談、李征垠是寫劇本的階段就想好的。我還記得準備《玉子》的時候，也預先問過李征垠小姐的行程。其實我沒有替代人選，因為我百分百信任李征垠小姐。有一部叫做《洗衣》（暫譯）的創作音樂劇，這齣音樂劇是造型導演崔世延小姐（音譯）負責製作的定目劇。李征垠飾演算是主角的奶奶角色，看著那個作品，你會發現李征垠的演技真的棒得沒話說。她簡直是聲音的魔術師，說話可以直接轉換成唱歌，真的很神奇。我一直想和她一起合作，但在《末日列車》並沒有適合的角色（笑）。她在《玉子》「飾演」了玉子的聲音，除了那部電影沒有太多韓國人的角色，也因她是聲音的魔術師才安排了那個角色。然後我認為在《寄生上流》終於有機會了，我沒有想過其他替代人選。李征垠是初稿完稿前就已經確定的人。最後一個選定的演員是雯光的老公勤世。

我選擇了朴明勳，而且為了不透露劇情，宣傳的初期沒有提到這個人的存在。跟《殺人回憶》飾演白光浩的朴魯植（音譯）一樣，這個角色的演員不能具有知名度，要找出真的就像是住在那裡的人，所以對我來說選擇這個角色的難度最高。回過頭看，其實勤世在電影開演後的一個小時，一直都在那裡。

Q：曹汝貞演員表現出和過去很不一樣的調性。曹汝貞所飾演的蓮喬，套用劇本的話就是「非常單純」，必須把劇中獨特的語氣直接表達出來，而且已經設定好很常「烙英文」，但發音卻不是很好[1]。因為角色的個性如此具體，所以以為你心裡已經有特定的演員，才創造出這樣的角色。

我很明確地設定了這個角色，但曹汝貞比我想像中還要好上兩三倍。「不需要說英文的狀況，為什麼要說英文呢？」要帶來這種感覺，所以英文不能說得太好。劇本上寫著發音不能太好，汝貞把這種感覺詮釋得很好。演員們分不同組別第一次對劇本的時候，輪到李善均、曹汝貞兩位演員在我的辦公室裡讀劇本，當她說出「Is it okay with you?」的時候，我和李善均兩個人簡直笑翻了。那時我就認為絕對沒問題，她表現得真的很棒。和她談的過程非常簡單，我們見了面之後，等劇本完成就拿給她。我雖然煩惱了一下，但沒有跟別人比較。曹汝貞在金大佑導演（音譯）執導的《人間中毒》裡，演出很多有趣的瞬間。我看著那部電影感受到她無限的可能性。我認為她身上有許多寶藏，只是導演或製作人沒有挖掘出來而已。

Q：請問怎麼訂出劇中人物的名字？有狂氣的人物是雯光；基婷和基宇名字裡有「寄生上流」的「寄」[2]；基宇的媽媽忠淑裡有「寄生蟲」的「蟲」[3]；南宮賢子這個建築家的名字很中性，可男可女。

「基」和「忠」字，確實是因為電影的片名。基澤的名字是想起了叫做李基澤的政治人物；基婷在整部電影是最精明幹練的角色，甚至把蓮喬玩弄於股掌，所以取了基婷這個韓文聽起來很俐落的名字；基宇的名字帶來的感覺是，看到他就會引發同情，比起生氣更令人擔心；忠淑感覺上是會貼在泰陵選手村的更衣室的名字；勤世名字的靈感來自於「甲勤稅」[4]；南宮賢子呢，舉例來說，《非常母親》裡也一直出現「忠弼」這個名字，雖然沒出現在影片裡卻一直被提起，南宮賢子也是同樣的道理，雖然不會出現，但要令人印象深刻，所以我認為名字一定要非常特別，雖然那個人沒有出現，但要留下印象。

Q：《寄生上流》裡有一些聽不太清楚的對白，或是看不到下文的部分。例如，雯光用什麼理由被趕出去；多蕙誤會潔西卡（基婷）是基宇的女朋友時，基宇說：「如果把潔西卡老師比喻成玫瑰，那多蕙妳就是……」然後寫下來的單字，在畫面上是看不到的。還有完全沒有提到多蕙的日記內容等……對於這些內容，第一，你怎麼指導表演的方向，第二，就算沒有給演員正確的回答，寫劇本的過程中是否想過是什麼答案。

很多時候連我自己都不清楚。拍電影時，我也很好奇基宇在筆記本上到底寫了什麼，其實崔宇植在筆記本上寫了什麼我也不清楚。聽說每一次重拍都寫了不同的內容，因為很常被問到底寫了什麼，崔宇植乾脆問道具組，有沒有把那個筆記本留下來，但道具組已經找不到了。聽說有時候還寫下「笑一個」。劇本裡寫著很無聊的話*5，因為基

編按1：（#14提示）蓮喬就像在路邊吐痰般，突然吐出英文，發音不是很好。
譯註2：「基」的漢字可另譯「寄」。
譯註3：《寄生上流》的原文直譯為寄生蟲；「忠」的漢字可另譯「蟲」。
譯註4：甲種勤勞所得稅的縮寫，類似台灣的綜所稅，稅的漢字可另譯為「世」。

宇是家教老師，所以用打分數的方式寫下來，但這實在是太露骨了，所以我認為不要說比較好。而且那個場景用長鏡頭拍攝，我認為不需要打斷那個脈絡，所以沒用特寫拍攝到底寫了什麼。最重要的是表情，表情已經說明了一切。有一個場景是蓮喬面試忠淑，但我省略了。蓮喬解雇雯光的時候，就用解雇司機的方式帶過，與其拍攝重複的場景，我更想加快速度，所以我才省略輕輕帶過。解雇雯光的畫面，最重要的是蓮喬坐在那裡的感覺，我記得事前曾跟李征垠和曹汝貞討論過各自要說的話。

我最後決定用最簡單也最明確的理由：「我以後不請人了，孩子的爸希望家裡不要有外人，雖然很辛苦但我必須自己去做。」應該要這樣說明，因為那是最單純卻最有力的藉口，令人無法反駁。

Q：「信任鎖鏈」的那一段畫面很有趣，用那種方式形容也很耐人尋味。而且最近新聞剛好報導過好幾起互助會詐騙案件，包含江南的富裕層也受害，都是用「信任鎖鏈」的介紹方式產生的。對我來說那種思考方式，才是最貼近現實中遇到的朴社長那種類別的人。之後在生日派對裡，蓮喬反覆地強調：「絕對不要買禮物過來。」也是同樣的道理。你寫《寄生上流》劇本的過程中，應該需要進行很多調查，而且是兩個層面，第一是為了具體呈現「外表」，第二是為了具體呈現「文化」，請問你是如何取材的呢？

《殺人回憶》時真的調查及採訪了很多事情，《駭人怪物》時調查了漢江旁的小商店，跟那些比起來，《寄生上流》並沒有做很多實地訪查。編劇韓珍元倒是去採訪了司機以及幫傭。設計地下空間的時候，奧地利不是有約瑟夫弗里茨（Josef Fritzl）[*6]的案件嗎？有一部Netflix的紀錄片叫做《約瑟夫弗里茨：地窖禽獸》（暫譯），我看到影片裡的房子有類似地窖的構造，所以從那裡借用了部分意象。和內容完全無關，只參考豪華的房子和地下室結構、美學或空間上的資料。另外，我也參考了引起法國社會學者注目的「帕平姊妹殺人案件」，那是身為女僕的姊妹，將雇用她們的夫人和女兒殘忍殺害[*7]的案件。我也有點像是把克勞德夏布洛的《儀式》拍成現代版的感覺。我記得《儀式》那部電影是在寫摘要的階段參考的。

Q：《寄生上流》將以連續劇的形式，展現電影之外的故事。《寄生上流》的連續劇你會參與多少呢？

《末日列車》的連續劇把十個插曲全都拍進去了，其實那部我沒有介入太多。但在《寄生上流》中，我想把每個角色的故事和電影外的插曲傳遞給觀眾。像是朴敘俊所飾演的敏赫的故事，南宮賢子和雯光之間的故事等。

採訪、文字：李多惠（《Cine21》的記者）

譯註5：#22基宇的對白：「多蕙，如果妳的美貌是10分，那潔西卡差不多在6到6.5？」

譯註6：約瑟夫弗里茨將十八歲的親生女兒關在地下室裡二十四年，強暴她後生下了七名小孩。讓布麗拉森獲得奧斯卡金像獎最佳女主角的《不存在的房間》，即改編自此真實案件。

譯註7：尚惹內（Jean Genet）的劇作《女僕》，即以此案件為靈感來源。

寄生上流 原著劇本
기생충（PARASITE: Screenplay）

作　　者　奉俊昊、韓珍元、金大煥
譯　　者　葛增娜
美術設計　賴佳韋工作室
主　　編　莊樹穎
行銷企劃　洪于茹
出 版 者　寫樂文化有限公司
創 辦 人　韓嵩齡、詹仁雄
發 行 人
兼總編輯　韓嵩齡
發行業務　蕭星貞
發行地址　106 台北市大安區光復南路202號10樓之5
電　　話　(02) 6617-5759
傳　　真　(02) 2772-2651
劃撥帳號　50281463
讀　　者
服務信箱　soulerbook@gmail.com
總 經 銷　時報文化出版企業股份有限公司
公司地址　台北市和平西路三段 240 號 5 樓
電　　話　(02) 2306-6600

國家圖書館出版品預行編目 (CIP) 資料
寄生上流：原著劇本
奉俊昊，韓珍元，金大煥著；葛增娜譯
一 第一版．一臺北市：寫樂文化，2020.01
面；公分
ISBN 978-986-97326-7-3(平裝)

862.55　　　　108022964

繁體中文版 ©2020_ 寫樂文化有限公司
本書由英屬蓋曼群島商威望國際娛樂股份有限公司台灣分公司授權由寫樂文化有限公司出版發行繁體中文版。
非經書面同意，不得以任何形式重製或轉載。

第一版第一刷 2020 年 1 月 31 日
版權所有 翻印必究
裝訂錯誤或破損的書，請寄回更換
All rights reserved.